Oskar der Hund

Oskar
der Hund

Eine ziemlich wahre Geschichte

Mit Zeichnungen von Philip Witte

ISBN-13: 978-3-7597-4241-4

Bibliographische Information der Deutschen Bibliothek
Die Deutsche Bibliothek verzeichnet diese Publikation in der Deutschen Nationalbibliographie; detaillierte bibliographische Daten sind im Internet über http://dnb.ddb.de abrufbar.

5. erweiterte Auflage 2024 - © Bernd Wohlgemuth, Esens
Verlag: BoD • Books on Demand GmbH, In de Tarpen 42, 22848 Norderstedt
Druck: Libri Plureos GmbH, Friedensallee 273, 22763 Hamburg
Umschlaggestaltung: Books on Demand GmbH, Norderstedt
Foto: Birgit Schimmelpfennig, Harlesiel
Zeichnungen: Philip Witte, Duisburg
Schriftart: Calibri
Printed in Germany

Für mein Rudel

Aus dem Inhalt

Wer ich eigentlich bin

Darf ich mich vorstellen? Ich bin Oskar, der Hund. Eigentlich heiße ich ganz anders, nämlich Brain. Das hat wohl was mit meinen englischen Vorfahren zu tun, sagt man. Ich bin ein stattlicher Beagle – *natürlich* tricolor in strahlendem schwarz-weiß-braun, *wie es sich gehört*, reinrassig und von edlem Geblüt. Mein Papa ist der feine King Kelvin of Cornerhouse. Böse Zungen behaupten, das hieße ‚die eingebildete Töle vom Eckhaus'. Er wurde lediglich für meine Zeugung herbeigeschafft, wirklich gesehen habe ich den Kerl jedenfalls nie. Von ihm habe ich aber die tolle Fellzeichnung. Meine Züchterin, die Annett, hat schon immer behauptet, ich würde mal so aussehen wie er. Meine Mama Sally ist eine nette weiß-braune bicolor-Dame. Wir waren wohl ihr erster Wurf und wir waren zu elft. Das ist schon der Hammer, auch für eine Hündin.

Am 6. Juli 2009 war es dann soweit: Zusammen mit zehn weiteren Geschwistern wurde ich in der heißen Mittagshitze geboren – sorry, bei Hunden heißt das wohl ‚geworfen'. Das erste, woran ich mich erinnere, ist HUNGER. Zum Glück waren Mamas Zitzen nicht weit, nur hatte sie leider keine elf davon, und das Gedrängel darum habe ich noch in schlechter Erinnerung. Meine Brüder und Schwestern haben wohl ähnlich gefühlt. Besonders unangenehm erscheint mir bis heute Barney, ein echt blöder bicolor-Köter, der mich permanent von der süßen Milchquelle verdrängen wollte. Zum Glück waren meine spitzen Milchzähnchen damals schon recht robust und verwiesen jeden Pöbel immer in seine Schranken.

Weil ich wohl der Klügste von allen war, hat mich die Annett ‚Brain'
genannt, das ist wohl das englische Wort für Gripskasten – also der hat was
drauf und so. Viel weiß ich von meinen Geschwistern nicht, der Snooper
hat aber immer nur gepennt.

Ich bin ein Ossi. Meine Heimat ist ein Kaff namens Kloster Lehnin in der
Nähe von Potsdam in Brandenburg. Wie ich ein Wessi wurde und an die
deutsche Nordseeküste kam und was ich da so alles erlebt habe, ist eine
abenteuerliche Geschichte.

Und das war so:

Die Vorgeschichte

Da ist der Tobi. Tobi ist zehn. Tobi will einen Hund, denn alle seine Freunde haben einen. Und außerdem sowieso. Tobis Freund Malte hat einen Beagle, Arthus – so einen, oder keinen.

Tobis Papa ist Apotheker. „Kommt nicht in die Tüte, das mit dem Hund." Papa ist als Hundehasser groß geworden: Hunde stinken, Hunde pinkeln überall hin und hinterlassen dauernd eklige Haufen. Außerdem kläffen sie den ganzen Tag und beißen.

Nein – kein Hund.

Das ist schon ein wenig anders geworden, seit er Leo kennt, den stattlichen Golden Retriever aus der Apotheke, aber nein – kein Hund.

Argumente hat Papa genug, auch wegen der Hygiene: Er kennt alle Parasiten und Krankheitserreger, die ein Hund so übertragen kann: *Echinococcus multilocularis*, *Leptospirose* und und und. Nein – kein Hund. „Außerdem haaren Hunde so schrecklich, und ich habe sowieso genug zu putzen" sagt Mama. Nein – kein Hund. Punkt.

Tobi ist elf und will einen Hund.
Tobi ist zwölf und will einen Hund.
Tobi …

Tobi ist vierzehn und bleibt in der Schule fast sitzen. „Hunde helfen beim Lernen, damit man sich besser konzentrieren kann", weiß er. „Das ist sehr förderlich!"

Nein – kein Hund.

Tobi ist fünfzehn und irgendwas ist anders. „Man kann ja mal sehen, wo es solche Hunde gibt" lenkt Papa ein, nachdem er auch mit Mama darüber nachgedacht hat. Mit ‚solche Hunde' meint Papa so jemand wie mich – einen Beagle eben. „Maltes Hund ist aus Thüringen" weiß Tobi. „Da wird es ja doch wohl auch welche geben, die näher bei sind" sagt Papa. „Wir fragen mal einen Tierarzt."

Der Tierarzt kennt alle Hunderassen. „Einen Beagle?" Er lächelt. „Sind Sie sich *sicher*, dass Sie *das* wollen? Und ihr habt noch nie einen Hund gehabt?" wird er zutraulich. Ja – sie haben noch nie einen Hund gehabt, und ja – sie sind sicher. Einen Anflug von Verzweiflung scheint in seinen Augen aufzuglimmen. „Dann müsst ihr mal im Internet googlen, ich kenne hier keinen Züchter."

Bereits der erste Link und ‚es hat zoom gemacht': Dawina, ein flottes bicolor-Beagleweibchen aus einem aktuellen Wurf, als letzte übrig geblieben. „Die ‚Bicolors' haben es nicht leicht" wird Annett, die Züchterin, später sagen. „Alle wollen lieber die ganz bunten klassischen dreifarbigen."

Das ist Tobi egal. Dawina, obwohl bisher nur zweidimensional, hat sein Herz im Sturm erobert.

Tobi ist hin und weg: Dawina! Es wird telefoniert, Annett berlinert: „Nun ja, Weibchen sind schon ruhiger als die Rüden, und als ersten Hund wäre das wohl schon gut. Außerdem sind die Beagle superfreundlich und nie aggressiv, der ideale Familienhund."

Tobi ist hin und weg. Die Familie verspricht sich zu melden und bespricht alles genau, eine heiße Diskussion entflammt: Für – wider, für – wider, dann: OK. Tobi ist hin und weg. Er hat sowieso schon allen seinen Freunden Dawinas Bild zugemailt: Mein Hund – kriegen wir bald!

Dann kommt die Ernüchterung: Dawina bleibt in Brandenburg, ein älteres Ehepaar will sie haben, hat auch schon mal einen Beagle gehabt, und das bekommt Dawina auch. „Aber da kommt demnächst wieder ein neuer Wurf, da ist bestimmt was für Sie dabei" tröstet Annett.

Tobi ist enttäuscht.

Tobi ist traurig.

Tobi will Dawina, sonst nichts.

Dann eben keinen Hund.

Nein.

Ich tauche auf

Irgendwann kommen Fotos von dem neuen Wurf per eMail. „Papa, können wir nicht doch da mal hinfahren?" Mittlerweile ist Papas Urlaub längst vorbei und er ist nicht sehr begeistert: Mal hinfahren sind über 1100 km hin und zurück, an einem Tag wohl gemerkt. Tobi drängelt.

Schließlich ist es soweit. Die Kleinen – das sind wir – sind acht Wochen alt, der Tierarzt gibt nach Entwurmung und Fünffachimpfung sein OK zur Besichtigung.

Um halb sechs geht es los, gegen halb zwölf – es ist brüllend heiß, da Anfang August – haben sie mein Zuhause erreicht. Das Navi hätte es fast nicht geschafft zu finden, so ‚ab' ist das hier. Tobi ist glücklich.

Papa ist ein wenig mulmig: Hinter einem großen Zaun auf einem riesigen Gelände kläfft und kläfft eine offenbar große Hundemeute. Einer geht ja noch, aber so viele? Vier bis fünf große Hunde und ein dutzend Welpen wuseln herum. Nachdem die Familie unser Grundstück durch eine Art Schleuse betreten hat, kommen wir alle angerannt. Die Kleinen – das sind wir – wollen gar nicht mehr weg von den Menschen, Tobi, seine Mama, sein Papa und die Omi. Nun haben die keine Chance mehr – wir haben gewonnen.

Wir sind süß.

Wir sind entzückend.

Wir sind allerliebst.

Einen von uns *müssen* sie einfach haben.

Gegenseitiges Beschnuppern

Meine Schwester Maggie hat Tobi fast bezirzt. Sie leckt an seinen Fingern und schaut ihn mit ihren großen Augen an. Tobi ist hin und weg. „Nimm besser einen Rüden" sagt Papa, „die werden jedenfalls nicht läufig". Das ist mein Stichwort: Ich stupse Tobi mit meinem feuchten Näschen und meinen Pfötchen an und lasse meine dunkelbraunen Augen sprechen. Meine kleinen Milchzähnchen knabbern liebevoll an seinen Fingern.

„Habt *ihr* euch den Hund ausgesucht, oder der Hund sich etwa euch ausgesucht?" wird später die Hundeschultrainerin hunde- und menschenerfahren wohl wissend fragen. Natürlich war *ich* das, mit meinem unwiderstehlichen Charme habe ich die Konkurrenz ausgebootet.

Die Zeit drängt, die Menschen müssen zurück. In Annetts Bude – es riecht schwer nach Hund, warum auch nicht, schließlich wohnen hier etwa zwanzig von uns – wird der Kaufvertrag unterschrieben, 250 € angezahlt. Ich, stolz wie Oskar, gekennzeichnet mit einem gelben Halsband, muss noch ein Weilchen hier bleiben, bis ich von Mamas Milch entwöhnt bin. Wenn's nach mir ginge, könntet ihr schon langsam mal die Steaks auffahren, Leute.

Anfang Oktober wollen die Ossis mich Ossi abholen kommen. Die kommen von der Nordsee und man nennt die da tatsächlich so, obwohl sie eigentlich Wessis sind. Ich kann's kaum erwarten...

In der Zwischenzeit haben sie ihren Garten aufgerüstet, ein umzäuntes Terrain für mich, sogar mit Hundehütte. Hat alles, glaube ich, mindestens sechsmal so viel wie ich selber gekostet. Hundefutter, allerlei Spielzeug, ein kuscheliger Schlafplatz und Näpfe für Fressen und Saufen warten geduldig auf mich.

Wessis – ich komme!

Der Aufbruch ins Ungewisse

Dann ist es endlich soweit: 3. Oktober 2009, Tag der Deutschen Einheit, nun wird der Ossi zum Wessi. Wieder halb sechs morgens, wieder halb zwölf mittags, diesmal ohne die Omi. Der Abschied ist kurz und schmerzlos. Das restliche Geld wechselt den Besitzer. Ein großes Paket Hundefutter wird ins Auto verfrachtet, und Annett vermittelt noch schnell Wissenswertes für die ersten Tage. Ehe wir uns versehen sind wir im VW-Touran und auf dem Rückweg. Diesmal findet sogar das Navi den Weg zur Autobahn anstandslos.

Ich kuschele mich an Tobi. Tobi kuschelt sich an mich. Papa schaut Stirn runzelnd immer wieder in den Rückspiegel, ob ich auch sauber bleibe und hinten alles in Ordnung ist. Das gleichmäßige Fahrgeräusch und Tobis Wärme lassen mich schnell einschlummern.

Irgendwann werde ich wach. „Ich glaube Oskar muss mal" sagt Papa. Oskar? Wer ist das denn? Schnell hält Papa an einer Autobahnraststätte. Hier herrscht ein fürchterlicher Radau – ich will hier weg, aber Tobi hält mich fest an der Leine, die plötzlich an meinem Halsband ist. Schnell noch ins Gras gepinkelt und zurück ins Auto, doch dann höre ich es klappern: Ein wunderbares Geräusch – mein Futter rauscht in ein Edelstahlnapf. Das ist Musik in meinen Ohren! Ehe sich alle versehen, habe ich den Napf leer gefressen. Schnell fressen lernt man wenn man zu elft ist, das könnt ihr mir glauben, Leute, sonst gibt's nicht genug. Mein neues Rudel weiß nichts von uns Hunden, die Portion war überreichlich. Die weitere Fahrt verbringe ich schlafend, ich bin im wahrsten Sinn des Wortes hundemüde und pappesatt.

Da meine Hundemama jetzt weit weg ist und mein Papa sowieso nie da war, beschließe ich mein neues Rudel als Mama und Papa anzunehmen. Tobi ist Tobi. Ich glaube, er ist auch so was Ähnliches wie ein Welpe.

Mein neues Zuhause

Dann betreten wir meine neue Höhle. Vorsichtig erkunde ich alles. Schnüffeln hier, schnüffeln da – alles riecht so steril. Das wird sich ändern müssen. Jetzt ist auch die Omi wieder da. Während die Menschen sich in der Diele unterhalten, gehe ich auf Entdeckungstour. Plötzlich merke ich, dass ich dringend muss. Also, eine stille Ecke in der Küche gesucht, und eine monströse Wurst verlässt meinen kleinen Körper. Nun ja, eigentlich macht man so was ja nicht in seiner eigenen Höhle, aber was kann ich dafür, dass alle Türen zu sind und ich nicht raus kann. Außerdem müssten diese Menschen ja wohl wissen, dass wenn man gefressen hat, das auch wieder raus will. Und die Portion unterwegs war beachtlich, Leute. Ein wenig schäme ich mich schon, als Papa die Bescherung entdeckt und entfernt.

Später, im Garten, werden die Menschen meine Haufen auch immer entfernen. Meine Hundemama hat unsere Haufen immer aufgefressen, das tun die Menschen nicht. Sie ziehen mit Schaufel und Tüte los und sammeln alle Häuflein ein. Glücklich sehen sie dabei nicht gerade aus. Trotzdem machen sie es immer wieder. Sie sind schon komisch. Aber ich mag sie irgendwie.

Die ersten Tage

Ich vermisse meine Mama. Ich vermisse meine Schwestern. Ich vermisse meine Brüder. Na ja, Barney nicht gerade. Ich vermisse den Hundeduft in Annetts Bude. Hier ist alles anders. Mein neues Rudel ist schon nett, und sie versuchen mir den Übergang so leicht wie möglich zu machen.

Ich kriege einen schönen Platz in der Diele unter der Treppe zum Schlafen. Mein neues Rudel schläft aber oben. Da kann ich nicht hin, denn Papa hat ein Kinderschutzgitter vor den Treppenaufgang gebaut. Das ist gemein, aber wenigstens schläft einer von ihnen die ersten Tage unten im Wohnzimmer. So kann ich nachts nach ihm gucken. Ich glaube, es schläft sich für die Menschen nicht so gut auf einem Sofa, denn immer wenn ich mal gucken komme, sieht er mich an und sagt: „Hallo, da bist du ja!" Dann bleibe ich ein wenig bei ihm, damit er nicht so alleine ist. Wenn er dann wieder wegdöst, mache ich mich auf den Weg zurück in mein Körbchen. Das passiert schon etliche Mal. So vergehen die ersten Nächte. Nach ein paar Tagen schlafen sie schließlich alle oben, und ich passe hier unten auf sie auf. Die Nächte sind ruhig – Wölfe habe ich hier jedenfalls noch nicht herumstreunen sehen.
Wer hier der Rudelführer ist weiß ich übrigens bis jetzt nicht. Ich glaube, das wissen die selber nicht so genau.

Meistens laufen Mama und ich miteinander. Sie gibt sich sehr viel Mühe mit mir. Sie bürstet mein Fell und macht mich immer fein. Manchmal kriegt sie aber zuviel, weil ständig meine Haare herumfliegen. Die sind einfach überall: Auf den Fliesen, dem Teppich, dem Sofa und und und. Erstaunlich, dass ich überhaupt noch welche im Fell habe, sagt Mama. Dann schaue ich sie mit meinen großen braunen Augen an. Sie krault mich hinter den Öhrchen und sagt: „Du kannst ja nichts dafür, Osse!" Stimmt.

Ich glaube, sie können meinen richtigen Namen „Brain" nicht aussprechen oder so. Was soll's, „Oskar" klingt ja auch recht nett - solange sie mich nicht „Agamemnon" nennen ...

Wenn wir tagsüber unterwegs sind treffen wir viele Hunde auf dem Wanderweg hinter unserem Haus, und so lerne ich sie nach und nach alle schnüffelnd kennen. Charly, Susi, Max, Baghira, Shiva, Asko und die beiden Oldies Rudi und Betty. In Zukunft werde ich also immer wissen, wer hier vor mir lang gegangen ist.

Ich werde flügge

Papa wünscht sich einen Hund, der ohne Leine neben ihm herläuft und regelmäßig zu ihm aufsieht. Nun ja, ich bin ein Beagle, da gehört die Nase auf den Boden, sonst könnte einem ja eine wichtige Spur entgehen. Das hätten sie wissen müssen.

Ich glaube ich bin seit vierzehn Tagen bei meinem neuen Rudel, da passiert es: Irgendwie war die Halterung an meinem neuen Geschirr nicht richtig eingerastet und plötzlich geht es auf und ich bin frei. Ich schäle mich rückwärts aus meiner Umfesselung. Papa erstarrt. „Halt, Osse" ruft er und sucht krampfhaft nach einem Leckerli für mich in seiner Tasche. Aber nun ist mir das Leckerli egal – ich bin frei! Ich tänzele rückwärts. Papa fleht: „Osse, bleib!" Ich drehe mich um und entschwinde in einem dornigen Gebüsch. Papa fluchend hinterher.

Eine Weile spielen wir so Katz und Maus, fast hat er mich am Hals gepackt. Aber ich bin schneller. So langsam wird der Abstand zwischen uns immer größer. Papa versucht es taktisch, aber ich bin wendiger. Und so verschwinde ich über einen kleinen Graben auf einer Pferdekoppel in einer kleinen wäldchenartigen Anlage. Da kann er nicht hinterher. Ein Stacheldrahtzaun hindert ihn. Der hat mir natürlich nichts ausgemacht, weil ich einfach da drunter durch bin. Und so genieße ich meine unerwartete Freiheit.

Die Luft ist klar, die Vögel zwitschern, ein Pferd wiehert, das Leben ist lebenswert schön und Papa ist weit weg. Irgendwann beschließt er nicht länger auf mich zu warten und trottet betroffen heimwärts. „Wir haben keinen Hund mehr" legt er sich die Worte für seine Lieben zuhause zurecht.

Mein Ausflug war schön, aber jetzt will ich zurück. Wo ist Papa? Er ist zwar weg, aber das macht nichts. Schließlich kann ich ja einfach auf meiner Spur zurück laufen, und wo er lang gelaufen ist, riecht man meilenweit. Und so erreiche ich ihn, kurz bevor er zuhause ankommt. Er hat, glaube ich, gar nicht mehr mit mir gerechnet, so freut er sich. „Osse, Osse" sagt er, „Du Schlawiner, das darf nie mehr passieren!"

Jetzt will ich aber auch das mir zustehende Leckerli.

Ich weiß gar nicht, was die Menschen immer haben. Als ob man sich verlaufen könnte! Jedenfalls kontrolliert er von da an mein Geschirr immer zweimal. Ich fürchte, so bald werde ich dieses Erlebnis nicht wiederholen können.

Als Tobi zehn Tage später mit mir die übliche Nachtrunde geht, hakt er versehentlich den Karabiner der Leine nicht in die Öse am Halsband, sondern in das Drähtchen, dass Steuer- und Tollwutimpfplakette zusammenhält. Einmal kräftig gezogen, und schon ist das auf. Während Tobi im Dunkeln die Plaketten auf dem Wanderweg zusammensucht, bin ich fast schon bis zur Straße gekommen. Erst jetzt merkt er, dass ich auf und davon bin. „Osse", ruft er „Osse, komm her!". Da kehre ich doch um. Ich glaube er hätte tierischen Ärger bekommen, wenn ich weg wäre.

Wir Welpen müssen da schon zusammenhalten.

Die Sache mit dem Alleinsein

Wenn mein Rudel unterwegs ist, döse ich meistens vor mich hin. Das ist alles kein Thema, wenn es sich um zwei oder drei Stunden handelt. Für alles Weitere kann ich aber nicht garantieren, da mir irgendwann einmal langweilig wird. Und dann geht Osse on tour.

Dann werden schon mal Kissen vom Sofa geholt und zerpflückt, im Extremfall auch mal Decken von den Tischen mit allem was drauf steht gezogen.

Dass sie zurück kommen höre ich dann meistens an dem Automotor, dem Türenschlagen oder an ihren Schritten. Dann warte ich schon an der Tür hinter dem Windfang. Da überall in den Türen Glasscheiben sind sehen sie mich und ich sehe sie, wenn sie vor der Haustür stehen. „Hey, Osse hat uns schon gehört" sagen sie dann und ich freue mich wie wild. Wenn sie dann reinkommen schleppe ich alle meine Decken aus dem Körbchen schwanzwedelnd durch die Gegend.

Ich will doch nur spielen.

Die Sache mit den Warzen

Ich kratze und scharre mich an meinen Lefzen. Seit Tagen juckt es dort wie die Pest. Erst als Mama Blut an meinen Pfötchen entdeckt, sehen sie genauer nach: Riesige Warzen haben sich an meinen Lefzen gebildet. Papa ist sehr besorgt, denn vor vierzehn Tagen, als ich beim Tierarzt wegen der Entwurmung war, waren die noch nicht da. Weil die so schnell so groß geworden sind, glaubt Papa, dass das was viel schlimmeres als Warzen ist.

Der Tierarzt kann aber beruhigen: Es *sind* Warzen. „Harmlos, aber wenn er anfängt darauf rumzukauen haben sie ständig alles blutig. Die brennen wir raus, sonst kommen die immer wieder" weiß er. „Dazu muss Oskar narkotisiert werden, und wenn wir das schon machen, können wir ihn gleich kastrieren. Dann wird er auch ruhiger und pflegeleichter." Das hört sich in meinen Ohren alles andere als gut an. Papa ist auch entsetzt. „Lassen Sie sich einen Termin geben, dann machen wir das alles im Januar direkt zusammen" sagt der Doktor.

Nur schnell raus hier.

Zuhause löst Papa ein paar weiße Kügelchen in meinem Trinknapf auf. „Wollen doch mal sehen, ob wir das nicht auch so hinkriegen" meint er. „Schließlich hast du die Warzen erst seit dieser Entwurmungstablette bekommen, Osse." Schon am nächsten Tag juckt es nicht mehr, und nach zehn Tagen ist keine Warze mehr zu sehen. Zum Glück ist dann dieses

Kastrieren auch kein Thema mehr. Ich glaube, Omi hätte das sowieso nicht zugelassen.

Die Sache mit der Hundeschule

Ich bin jetzt vier Monate alt. Da beschließt mein Rudel, dass es an der Zeit sei, die Hundeschule zu besuchen. Na klar! Abwechslung tut immer gut. Außerdem müssen meine Leute dringend lernen, wie man mit mir umzugehen hat. Und so fahren wir an einem Mittwochnachmittag über Land. Es wird immer unwirtlicher, die letzten Häuser sind schon lange außer Sicht. Irgendwie kenne ich solche Wildnis. Fast scheint hinter jedem Baum oder Strauch die Annett hervorzulugen, und im Geist höre ich meine Brandenburger Brüder und Schwestern kläffen.

Tatsächlich: Es kläfft und kläfft. Aber es sind andere Hunde mit ihren Menschen. Stolz spaziere ich aus dem Auto und auf den eingezäunten Platz: Mein erster Schultag! Zunächst setze ich mal einen großen Haufen ab. Die Hundetrainerin sieht das missbilligend. Das wird hier offensichtlich nicht geduldet, und meine Leute müssen sofort alles entfernen. Nun sollen wir uns alle neben unsere Menschen setzen. Das kann ich gut. Dann geht es endlich los.

Eigentlich wollte ich ja erst nur mal zusehen, aber die Hundtrainerin nimmt mich als ersten dran. Sie schnappt sich die Leine und zerrt mich hin und her. Immer wenn ich denke es geht nach links, geht sie nach rechts. Dabei quassel sie ununterbrochen irgendetwas von ihrem Fuß. Immer wenn ich mich darauf eingestellt habe wechselt sie die Richtung, obwohl es doch dort so verführerisch riecht. „Nicht der Hund bestimmt die Richtung, sondern Sie – denken Sie immer daran!" doziert sie für die anwesenden Menschen. Zerr, zerr, zerr. Irgendwie scheint sie selber nicht zu wissen, wohin sie will. Also zerre ich bewusst in die andere Richtung. Das ist bei uns Hunden so im Blut: Wenn deine Leute nicht wissen, was sie wollen, musst du das Ruder übernehmen, sonst holt euch alle der Wolf ...

Das gefällt ihr aber gar nicht. Sie schnappt mich, dreht mich auf den Rücken und drückt mich mit ihrer riesigen Pranke ins Gras. Selbstverständlich leiste ich erbitterten Widerstand. Meine Hundekumpels sehen interessiert zu. „Dich kriege ich, Freundchen" zischt sie zwischen den Zähnen hervor. Und laut zu meinen Leuten: „Mit dem werden Sie noch Ihren Spaß haben!" Na, ich hoffe doch.

So rangeln wir, bis ihr der Schweiß auf der Stirn steht. Nachdem meine Hundekumpels ihr Interesse an meiner Showeinlage verloren haben, habe ich auch keine Lust mehr und ergebe mich. Der Klügere gibt bekanntlich nach und, wer ist das wohl?

So läuft das etwa zwanzig Unterrichtsstunden lang. Immer die endlose Fahrt, immer dieselbe Show. Im Kreis laufen, zerr, zerr, zerr, und links und rechts ohne jeden Plan. „Fuß, Fuß, Fuß!" Dann dürfen wir alle ein bisschen toben und miteinander spielen.

Zuletzt fahren nur noch Mama und Omi mit mir. Endlich sieht mein Rudel ein, dass es reine Zeitverschwendung ist, immer nach da draußen zu fahren.

Die Sache mit dem Vandalismus

Ich liebe Schuhe. Sie duften verführerisch und lassen sich gut zerkauen. Ich liebe Teppiche mit Fransen. Die muss man mit den Zähnen packen und herausreißen, dann erst kann man den Rand aufbördeln und den Teppich nach und nach zerfetzen. Das macht Spaß. Am besten aber sind Stofftiere. Da kann man Köpfe oder Hörner abreißen, Augen herauskauen und die Watte, die drinnen ist, im ganzen Haus verteilen.

Das sieht lustig aus. Papa hat so was wohl geahnt und mein Rudel hat viele Bücher über uns Hunde gelesen bevor ich zu ihnen kommen durfte. Fast alle elektrischen Kabel, die so herumlagen, haben sie in Kabelkanälen verschwinden lassen. „Zur Sicherheit", sagt Papa.

„Nein" ruft Tobi. „Nein" ruft Mama. „Nein, nein, nein!" Ich glaube das ist das beliebteste Wort der Menschen.

Nach getaner Arbeit setze ich mein unschuldigstes Gesicht auf und lächle. Watte hängt an meines Zähnen und Lefzen. Dann können sie mir nicht lange böse sein. Eigentlich sind sie ziemlich nett, die Menschen. Wenn ich ihnen dann noch die Hände liebevoll und innig ablecke, ist alles wieder gut. Und wenn Mama ihre Handcreme eingeschmiert hat, habe ich sogar noch was davon.

Die Sache mit dem Gehorsam

Irgendwie machen die Menschen ein ordentliches Gewese um diesen Gehorsamkeitskram. Ich bin ein Beagle – sollen sie sich doch einen Schäferhund anschaffen, der *will* gehorsam sein. Oder einen Pudel, der ist zu blöde, um selbstständige Entscheidungen zu treffen. Ich jedenfalls brauche meine Selbstständigkeit. Schließlich bin ich ein Meutehund, da weiß jeder im Rudel, was er zu tun hat, um den Hasen zu fangen.

Ich kenne mich aus, ehrlich.

Was ich alles machen soll, nur weil die Menschen das wollen: Bällchen und Stöckchen holen und natürlich auch wiederbringen, ‚Sitz' und ‚Platz' machen und Pfötchen geben, aufhören zu kläffen, ich soll trinken und „wieso frisst du nicht" und „nein, Osse – nein, Osse" und abermals „nein, Osse". Irgendwie haben die Menschen kein Vertrauen in uns Hunde, sonst würden sie uns doch nicht immer so herumkommandieren.

Nun üben wir zuhause ‚Sitz' und ‚Platz'. ‚Sitz' geht ja noch, aber ‚Platz' ist irgendwie total doof. Sie zwingen dich, sich hinzulegen und liegen zu bleiben. Dann gehen sie einfach weg und erwarten, dass du immer noch liegen bleibst. Sie rennen in ihr Unglück und du kannst sie nicht mal beschützen! Menschen sind schon komisch. Wenn sie dann wiederkommen freuen sie sich auch noch darüber, dass du liegen geblieben und ihnen *nicht* gefolgt bist. Dabei willst du ihnen doch nur nahe sein und ihnen beistehen!

Immerhin wird dieser ganze Quatsch belohnt, es gibt immer ein Leckerli, wenn ich das gewünschte Verhalten zeige. Das ist toll – ich habe sie damit voll im Griff: Wenn ich ein Leckerli haben will, mache ich einfach, was sie sagen. „Toll, Osse" loben sie dann. Sie sind echt komisch, die Menschen, aber ich mag sie trotzdem.

Die Sache mit der Impfung

Jetzt bin ich schon ein Jahr bei meinem neuen Rudel. „Da stehen etliche Impfungen an" sagt Papa. Also fahren Mama und Omi mit mir zum Tierarzt. Papa drückt sich, wie immer wenn's brenzlig wird, in seiner Apotheke herum.

Der Tierarzt sieht mir in die Öhrchen und in den Fang – leichter Ansatz von Zahnstein – und hört mit einem seltsamen Ding mein pochendes Herz ab. Schließlich begrapscht er meine Hoden. Es scheint alles in Ordnung zu sein. Dann kommt er mit einer Spritze und piekt mich hinten am Hals durchs Fell. Das kitzelt ein wenig, macht aber nichts. Warum die vorher so viel wegen dieser Impferei diskutiert haben ist mir absolut unklar. Das war doch wirklich keine große Sache und gar nicht schlimm.

Als wir dann wieder zuhause sind, wird mir schummerig: Irgendwie geht es mir gar nicht gut. Ich mag nichts trinken, ich mag nichts essen, ich mag noch nicht mal Leckerli. Außerdem wird mir entsetzlich heiß. Zum Glück sind die Fliesen in der Küche schön kalt und ich lege mich einfach nur hin. Papa ist besorgt: „Osse hat Fieber". Dann fange ich an zu zittern und meine Beine zucken hin und her. „Diese blöde Impfung" schimpft Papa. „Jetzt haben wir den Salat!" Zum Glück kennt er sich aus und gibt mir ein paar kleine weiße Kügelchen direkt in den Fang. Tatsächlich dauert es nicht lange und ich merke, wie das Zittern und Zucken aufhört und die Hitze langsam verschwindet. Auch habe ich wieder Durst und saufe eine ganze Schale leer.

Als Tobi aus der Schule kommt geht es mir wieder gut. Ich habe gefressen, und wir tollen gemeinsam durchs Wohnzimmer.

Die Sache mit der Batterie

Tobi sitzt schon wieder vor diesem Kasten, den sie Fernseher nennen. Ein merkwürdiges Teil. Manchmal sind da Menschen und auch Hunde drin, aber man kann sie gar nicht riechen, obwohl sie sprechen oder auch bellen.

Tobi guckt Fußball. Das ist ein Spiel, das die Menschen lieben. Da rennen viele hinter einem Ball her. Das kann ich verstehen. Wenn einer den endlich hat, schießt er ihn weg. Das kann ich nicht verstehen. Manchmal schießen sie den Ball auf einen Rahmen mit einem Netz. Darin steht ein Mensch, der versucht den Ball dann zu fangen. Das kann ich verstehen. Aber die Menschen freuen sich, wenn der den Ball *nicht* fängt. Das kann ich nicht verstehen. Ein komisches Spiel, dieses Fußball, aber Tobi liebt es.

Gerade hat einer den Ball auf diesen Netzrahmen geschossen und der Mensch darin hat ihn nicht fangen können. „Verdammt!" brüllt Tobi und schmeißt die Fernbedienung durch die Gegend. Sie knallt auf den Boden und das Batteriefach geht auf und die Batterien kullern in alle Richtungen. Eben noch habe ich auf dem Sofa gedöst, aber nun bin ich mit einem Satz auf. Tobi kann im letzten Moment verhindern, dass ich den Batteriefachdeckel zerkaue. Dann geht die Suche nach den Batterien los. Eine ist schnell gefunden, aber wo ist die zweite? Alle suchen mit. Mama ist verzweifelt: „Nicht, dass der Hund ..." Große Besorgnis: Batterien scheinen nicht gut für uns Hunde zu sein. Unter dem Sofa ist sie nicht, unter dem Tisch und dem Sessel auch nicht. Auch nicht in den Ecken und unter dem

Vorhang. Alles wird abgesucht, der Teppich angehoben – nichts. „Hilfe, der Hund hat die Batterie gefressen, was machen wir denn jetzt?"

Die Batterie ist weg. Also Leute, wieso fragt ihr mich nicht? Ich sitze still da und beobachte die ganze Aufregung. Was die nur haben! Ich bin doch nicht blöd – die Dinger schmecken doch wahrscheinlich sowieso nicht. Außerdem riecht man doch, dass sie unter der Ritze des Wohnzimmerschranks gerollt ist und dort liegt. Lange suchen und suchen sie, dann geben sie auf. Ich bekomme ganz viel Salami zu fressen „damit Osse Dünnpfiff kriegt." Das lasse ich mir gerne gefallen – ich liebe Salami. Und die Sache mit dem Dünnpfiff ist nicht mein Problem, Leute.

In den kommenden Tagen wird jeder meiner Haufen akribisch untersucht, aber die Batterie bleibt natürlich unauffindbar. Nach drei Tagen sind alle erleichtert, ich habe sie wohl doch nicht gefressen, sonst wäre sie längst wieder ans Tageslicht gekommen oder ich wäre tot, sagen sie.

Übrigens: Die Batterie liegt heute noch unter dem Wohnzimmerschrank, ich rieche sie jedes Mal, wenn ich aus der Diele komme.

Die Sache mit dem Gartenzaun

Wir sind mit Leo, das ist der Apothekenhund im Ruhestand, und Mama und Tobi und Leos Leuten in deren Garten hinter Papas Apotheke. Der ist mit hohen Bäumen und dichten Büschen umgeben und komplett verzäunt. Hier gibt es scheinbar keine Möglichkeit herauszukommen. Deshalb sind die Menschen auch sicher, dass nichts passieren kann. Also, Leine weg und Osse schnüffeln lassen.

Ich treibe mich herum, spiele ein wenig mit Leo und während die Menschen Kaffee trinken und sich unterhalten, laufe ich systematisch den Grenzzaun ab. Also doch: An einer Stelle kann man, wenn man klein ist, drunter durch. Leo ist nicht mehr klein, außerdem in einem Alter, dass ihn solche Ausflüge nicht mehr reizen könnten. Aber ich will es wissen. Also raus und einmal ums Haus. Schließlich stehe ich von draußen vor der Apothekentür und schaue hinein. Ich sehe Papa, er steht hinter der Theke und spricht gerade mit einem anderen Menschen. „Ist das ihr Hund?" wird er gefragt. „Nein, unser ist hinten im ..." Dann erst sieht er mich und seine Augen werden tellergroß. „Wie kommt der Hund nach draußen?" brüllt er, und schneller als mir lieb ist, ist er an der Tür und packt mich. Und so werde ich mal wieder verkabelt und mein Handlungsspielraum deutlich eingeschränkt.

Mittlerweile werde ich hinten im Garten vermisst, man ruft und sucht mich verzweifelt.

Das ist echt lustig.

Die Sache mit dem "Gefundenen Fressen"

Es ist Schützenfest im Städtchen. Und das fünf Tage lang! Musik, Gekreische und Radau bis in die Nacht. das bedeutet aber auch für mein morgendliches Gassigehen viel Interessantes. Überall liegen Glasscherben herum, Verpackungsmaterial von Essen und Getränken, aus dem es verführerisch duftet, und alle fünfzig Meter eine Bratwurst. Nicht solche, wie Papa sie gerne isst, heiß komplett und makellos, sondern kalt und zu mindestens angeknabbert oder noch schlimmer. Aber das macht ja gerade den Reiz aus. So schmeckt nicht jede gleich.

Für Papa ist das ein Slalomlauf, damit ich nicht alle fressen kann. Aber zum Glück ist er kurzsichtig und sieht nicht alles. Und die im Gebüsch und im tiefen Gras, die ich natürlich riechen kann, entgehen ihm komplett. So kommt es, dass ich an diesen Tagen mein reguläres Fressen komplett ignoriere und rigoros ablehne. Warum auch nicht, satt werde ich auch so!

Diese Currywurst hätte ich aber wohl besser nicht gefressen. Es beginnt im Bauch zu zwicken und kneifen. Also einmal kräftig gewürgt und raus damit. Jetzt geht es mir wieder besser.

Da hinten kommt Asko mit seinem Frauchen. Vielleicht will der die auch mal probieren. Diese Mischlinge haben einen viel robusteren Magen als wir Beagle.

Die Sache mit der Durststrecke

Es ist Sommer. Es ist heiß. Papa will mit mir laufen, obwohl ich lieber dösen will. „Osse muss raus, ich gehe dann mal mit ihm." Bevor wir losgehen, soll ich noch trinken. Das habe ich den ganzen Tag noch nicht gemacht, jetzt erst recht nicht, obwohl der Napf frisch gefüllt ist. Schließlich will ich jetzt gar nicht laufen. Außerdem: Saufen kann ich schließlich auch unterwegs aus den Pfützen.

Dann gehen wir los, die große Strecke. Nach einer halben Stunde schnüffeln und laufen – es ist wirklich sehr heiß – brennt mir der Rachen und ich habe tierischen Durst. Wo sind bloß die Pfützen, die doch sonst alle paar Meter einladend auf mich warten? Mir klebt die Zunge am Gaumen. Na dann eben einen Graben, schließlich sind wir hier in Ostfriesland! Doch auch die sind leer und ausgetrocknet.

Mittlerweile sind wir auf dem Rückweg, und ich kann nicht mehr. Ich lege mich hin und hechle wie verrückt, mein Herz rast und rast. Papa macht sich große Sorgen. Wir haben noch mindestens zwanzig Minuten Fußmarsch vor uns, wie soll das gehen? „Hättest du bloß vorher getrunken, du Idiot!" knurrt Papa. Der Idiot bin dann ja wohl ich. Ich schleppe mich immer ein paar hundert Meter von Baumschatten zu Baumschatten, dann kann ich wirklich nicht mehr.

Zum Glück sind wir mittlerweile wieder in der Zivilisation angekommen, und eine Frau in einem Hof mit lauter Katzen holt mir eine Schale Wasser. Sieben von diesen Viechern umzingeln mich und grinsen mich hämisch an, während ich hilflos japsend da liege. Wenn ich die doch jetzt nur jagen könnte, aber ich kann nicht mehr. Hier riecht alles nach Katze, sogar das Wasser aus der Schale schmeckt so. Trotzdem ist es das köstlichste Wasser, das ich je getrunken habe. Ich saufe die ganze Schale leer.

Wie wir anschließend nachhause gekommen sind, weiß ich nicht mehr, jedenfalls mussten wir in jedem findbaren Schatten erstmal Pause machen, bevor ich weiterlaufen konnte.

Seitdem hat Papa immer eine Flasche mit Wasser dabei, wenn wir im Sommer laufen. Und manchmal trinke ich anstandshalber sogar vorher noch ein bisschen.

Die Sache mit dem Essengehen

Mein Rudel will ‚Essengehen'. Essengehen ist ein Haus, zu dem man weit mit dem Auto fahren muss. Es geht immer die Landstraße entlang. Ich fahre gerne Auto. Aber eines ist blöd: Überall laufen Menschen und Hunde, die man aber gar nicht riechen kann. Also kläffe ich, wie sollen die sonst merken, dass ich vorbeikomme, wenn die mich auch nicht riechen können? „Ruhig, Osse" sagt Mama, und Tobi streichelt mich: „Keine Aufregung, Os!"

Essengehen ist einfach toll. Da sitzen Menschen in einem Haus und es riecht wundervoll. Alle Sorten von Fleisch- und Fischdüften dringen in meine schnupperbereite Nase. Manchmal sind auch andere Hunde da. Das wird dann lustig. Mit viel Gekläffe und Gewinsel, bis wir uns dann beschnüffeln können. Dann erst kehrt Ruhe ein.

Essengehen ist einfach toll!

Wenn ich Papa richtig angucke, steckt er mir manchmal unter dem Tisch etwas von seinem Fleisch zu. „Dass ich je mit einem Hund mein Essen teilen würde" meint er dann kopfschüttelnd. Rumpsteak, medium gebraten, mit einem Hauch von Sauce Bearnaise – lecker! Ich würde am liebsten jeden Tag zu diesem Essengehen fahren.

Ich glaube, Papa auch.

Die Sache mit dem Jogger

Am Schützenplatz ist Hundetreff. Baghira, Shiva, Asko. Und ich komme nun auch noch dazu. Natürlich bin ich wie immer angeleint, die anderen sind frei. Das ist gemein. Deren Menschen haben die Leinen lässig zusammengerollt in den Händen und unterhalten sich, die Hunde toben miteinander. Ich bin immer noch angeleint, so kann ich nur begrenzt mitspielen. Schließlich hat Papa ein Einsehen: Er macht mich los, und wir tollen immer im Kreis herum und jagen uns gegenseitig. Papa ist ziemlich sicher, dass so eine Sache wie damals nicht mehr vorkommt, denn ich bin ja abgelenkt.

Glaubt er.

Da taucht dieser lustige Mensch auf. Er rennt, und seine Arme schlenkern angewinkelt auf und ab. Da muss ich unbedingt hinterher. So lasse ich Baghira Baghira sein und Shiva Shiva. Das hier ist ja viel interessanter! Papa brüllt, der Jogger hört nichts, denn der hat so Stöpsel in den Ohren. Die anderen Menschen amüsieren sich über meinen Alleingang und meinen Ungehorsam. Deshalb tut mir Papa irgendwie leid, aber der Jogger ist einfach wichtiger. Ich muss den schließlich kriegen!

Also laufe und laufe ich.

Mittlerweile hat der Jogger Papas Gebrülle aber doch irgendwie mitbekommen und mich entdeckt. Er bleibt stehen. Das heißt, eigentlich steht er nicht. Er hüpft mit beiden Beinen auf der Stelle. Das sieht lustig aus. Ehe ich mich versehe packt mich Papas Hand am Schlawittchen, und mit einem herzlosen Klicken wird der Karabinerhaken in mein Halsband eingehakt. „Das war's ein für alle mal, Oskar. Solange du nicht hörst, bleibst du angekabelt." ‚Oskar' sagt er nur, wenn er böse mit mir ist.

Leider hält er sich strikt daran. Immer wenn ich ihn mit meinen dunkelbraunen Augen anschaue, in der Hoffnung, er macht mich los wenn wir andere Hunde treffen, bleibt er hart: „Du bist es selber schuld, Osse" sagt er. „Du bist es selber schuld!" Nun ja, ich habe schon die Hoffnung, dass irgendwann mal wieder eine Schnalle aufgeht oder sonst was passiert. Der Hundegott kann doch nicht so unbarmherzig mit mir sein und das hier zulassen! Dann wird das aber ein größerer Ausflug, das kann ich euch versprechen, Leute.

Ich glaube, Papa ahnt das. Ohne Doppelkontrolle verlassen wir jedenfalls das Haus nicht mehr ...

Die Sache mit dem Schnee

Es ist Mittwoch, 16. November, kurz nach sechzehn Uhr und es passiert etwas sehr Merkwürdiges. Habe ich echt noch nie gesehen. Wir laufen gerade, als plötzlich kaltes weißes Zeug vom Himmel fusselt. Zuerst ganz fein und wenig, dann immer mehr und immer dichter. „Schnee", sagt Papa. „Osse, das ist Schnee!" Schnee ist toll. Er kitzelt auf der Nase. Durch die kalte Feuchtigkeit am Boden riechst du die Spuren noch mal so gut. Himmlisch! Nun ja, die Pfoten werden kalt, aber das macht nichts. Ein Beagle ist schließlich hart im Nehmen. Schnee ist toll. Es schneit und schneit und schneit. Bald ist alles mit einer weißen dicken Decke überzogen und eine besondere Stimmung liegt in dieser Winterlandschaft. Da macht das Laufen noch mal so viel Spaß. Auch mein Gepinkeltes hinterlässt lustige gelbe Kringel im Schnee. Bald kann man sehen, wo wir lang gelaufen sind. Riechen kann man das ja sowieso, aber nun sieht man es auch.

Der Schnee deckt alles zu. Auch Tobis Schuh, den ich in den Garten verschleppt habe. Er findet ihn einfach nicht mehr, obwohl ich ihn bis hierher riechen kann. Der Schnee deckt auch alle meine Haufen zu, so dass die Menschen die nicht mehr entfernen können. Sie finden sie einfach nicht mehr. Ich wohl. So kommt es, dass ich nach einem kurzen Pinkelaufenthalt eine tiefgefrorene Wurst in meiner Schnauze verborgen ins Haus bringen kann. Vorsichtig lege ich sie im Wohnzimmer auf den Teppich direkt neben die Heizung. Dass sie da ist, merken die Menschen erst, als sie beginnt langsam aufzutauen. Papa findet das gar nicht gut.

Die Sache mit Weihnachten

Sie nennen es Weihnachten. Dafür scheinen viele Vorbereitungen nötig. Es duftet sehr gut in unserer Höhle. Mama und Omi backen kleine Teig-Leckerli für mich. Das ist aber sehr lieb von ihnen. Den ganzen Morgen haben sie schon Teig geknetet und die Leckerli geformt. Nun werden sie im Ofen schön goldbraun – lecker!

Im Wohnzimmer sind Papa und Tobi und machen ein ziemliches Geheimnis aus allem, was sie da so tun. Ich darf da auch nicht rein, aber ich habe gesehen, dass sie einen Baum für mich mitgebracht haben. Das ist praktisch, dann kann ich in Zukunft auch hier mal pinkeln, wenn sie länger weg sind. Den Tannenduft rieche ich unter der Türritze durch. Durch die Glasscheibe in der Wohnzimmertür sehe ich, dass sie kleine bunte Lämpchen am Baum befestigen, Kugeln an die Zweige hängen und allerlei Spielzeug zum runterreißen für mich dazu. Das wird ein Spaß!

Die Teig-Leckerli sind längst fertig und kühlen auf dem Küchentisch ab. Da komme ich gar nicht dran, also kläffe und winsele ich. Aber keiner erbarmt sich. Im Gegenteil: „Weg, Osse, raus aus der Küche!" sagt Omi. Das kann ich nicht verstehen. Erst backen sie das Zeug für dich, dann darfst du nicht dran.

Nachdem die gebackenen Leckerli kalt geworden sind, werden sie in eine große Schale gefüllt und auf den kleinen Beistelltisch gestellt. Ich lecke mir die Lefzen. Warum stellt ihr das so hoch, Leute, da komme ich ganz schlecht dran! Während Mama und Omi noch letzte Besorgungen machen und Papa und Tobi immer noch an diesem Baum dran sind, erreiche ich unter Aufbietung aller verfügbaren Kräfte meiner Hinterläufe den Rand der Schale und kann sie herunterreißen. Der Teppich bremst den Aufprall, so dass das ganze so wenig Geräusche macht, dass die zwei nebenan gar nichts mitbekommen. Da liegen sie nun: Leckerli über Leckerli. Eines duftet verführerischer als das andere. Das wird ein Festessen, Leute. Zum Glück habe ich mein Hundefutter bisher verschmäht, so dass ausreichend Platz in meinem Bauch für das ganze Pfund ist, das sie gebacken haben.

Ich döse pappesatt in der Küche. Ich habe gar nicht mitbekommen, dass Mama und Omi zurück sind, bis mich ihr Geschrei weckt: „OSSE! Nein, der Hund hat alle Plätzchen gefressen!" Mittlerweile sind Papa und Tobi auch dazugekommen. „Können wir nicht mal eine Stunde weg, ohne dass hier das Chaos ausbricht?" schimpft Mama. „Könnt ihr nicht auf den Hund aufpassen?" Papa und Tobi sind betroffen: „Wir mussten doch den Baum ... da durfte Osse doch nicht mit rein, er hätte die Kugeln kaputt gemacht und ... wieso stellt ihr die Schale nicht höher, dass er da nicht ran kann?" Ich weiß gar nicht, was das ganze Lamento soll, die Leckerli waren doch für mich, oder?

Diese Gebäck-Leckerli sind mit viel Butter gemacht. Das macht sich nun bemerkbar, denn ich muss schnellstens raus. Als Tobi dann mit mir läuft, müssen wir alle zweihundert Meter anhalten, bis das Pfund Kekse mich wieder verlassen hat.

Es ist spät am Abend. Mama und Omi backen erneut. Sie sind böse mit mir. Mein Bedarf an Butter-Gebäck-Leckerli und das ganze Drumherum ist gedeckt. Als sie dann alle schlafen gehen, vergessen sie aber die Wohnzimmertür zu schließen, und so kann ich meinen neuen Baum direkt ausprobieren. Die Pfütze ist groß und kriecht in die Ritzen des Parketts und durchfeuchtet den nahe liegenden Rand des Teppichs. Ich bin müde, Leute. Morgen werden die bunten Kugeln von meinem Baum geholt.

Das wird ein Spaß!

Die Sache mit dem Dalmatiner

Wir sind wieder mal zu diesem Essengehen gefahren, und ich freue mich. Kaum sind wir aus dem Auto gestiegen, rieche ich ihn, den großen Dalmatiner, der hier wohnt. Da kommt er schon angerannt, und ehe ich mich versehe, beißt er mir ins linke Öhrchen. Das zwickt ein wenig, macht aber nichts. Schließlich bin ich ein Beagle und hart im Nehmen. Mein Rudel bekommt das ganze erst mit, als sie die Blutspur sehen, die ich hinter mir her ziehe. Es tropft in dicken Tropfen aus meinem Ohr auf den Fußweg vor dem Essengehen und in den Eingangsbereich bis vor die Barhocker. Alle sind entsetzt und versuchen die Blutung zu stillen, aber es tropft und tropft und tropft unaufhörlich. Mittlerweile ist mein Blut überall, es läuft die Schnauze herab und ich sehe aus wie ein Vampir nach einem Festmahl.

Inzwischen hat die Besitzerin von dem Essengehen mitbekommen was los ist. Da es Sonntag ist und abends, ist der Tierarzt nicht mehr erreichbar. Am Telefon bekommt sie ihn dann aber doch. Um 20.00 Uhr sollen wir in seiner Praxis sein, dann wäre er auch da. Jetzt ist es kurz nach Sieben. Es tropft und tropft und tropft. Tobi glaubt schon, dass bald nichts mehr kommen kann. Papa klemmt mein Öhrchen ab und ich lasse mir das gefallen.

Ich lasse mir alles gefallen, denn irgendwie fehlt mir die Kraft mich zu wehren. Alle sind offensichtlich sehr besorgt um mich. Die Frau vom Essengehen schleppt dutzende Handtücher an und wir machen uns auf dem Weg zum Tierarzt. Papas Jacke ist voll Blut, Papas Hose ist voll Blut und auf den Sitzen im Auto sind auch schon Kleckse. Mama fährt ziemlich schnell.

Der Tierarzt macht kurzen Prozess mit mir. Ehe ich mich versehe, hat er mein Ohr mit einer Art Tacker geklammert. Und das zweimal, bis nichts mehr blutet. Das zwickt ganz schön und viel mehr als der Dalmatinerbiss, aber mir ist alles egal. Als wir aus der Praxis kommen rieche ich auf der anderen Straßenseite einen Hund. Ich laufe direkt zu ihm hin und wir beschnüffeln uns ausgiebig. Das Ohr ist längst vergessen. „Na, Angst vor Hunden hat er jedenfalls jetzt nicht" meint Mama.

Angst vor Hunden? Wieso?

Als wir danach dann noch zum Essengehen fahren, denn mein Rudel hat immer noch Hunger, wird der Dalmatiner vorsorglich weggesperrt. Ich frage mich ehrlich warum. Ich tue dem doch nichts …

Die Klammern im Ohr trage ich mit Stolz eine Woche, dann juckt es dermaßen dort, dass ich nur noch am Kratzen bin. Zur Sicherheit lassen meine Menschen dann die Dinger wieder entfernen, bevor ich mir die mit meinen Krallen rauskratze.

Die Sache mit der Katze

Ich döse vollgefressen nach dem Mittagessen an der Terrassentür im Wohnzimmer. Satt kenne ich nicht. Ich kenne nur Hunger – oder mir ist schlecht. Und im Moment habe ich absolut keinen Hunger. Die Frühjahrssonne scheint mir auf den Bauch und wärmt mich.

Da ist sie wieder, diese Katze aus der Nachbarschaft. Dieser Tage hätte ich sie fast in einem Gebüsch erwischt. Nun kommt die Retourkutsche. Das ist mir klar. Zwischen meinen halb geschlossenen Augenlidern sehe ich sie demonstrativ quasi vor meiner Nase erhobenen Hauptes vorbeistolzieren. Sie weiß, dass ich ihr nichts kann wegen dieser blöden Glasscheibe zwischen uns. Ich weiß es leider auch, deshalb ist das nun Kommende auch nur schwer erklärlich. Eigentlich sollte ich so tun, als ob ich sie nicht sähe, aber tief in meinem Innersten schlummern Kräfte, über die ich keine Macht habe. Es ist wohl der Wolf in mir, der dem Luchs gegenüber steht. Und was hätte *der* wohl gemacht?

Im Nu bin ich auf, werfe mich gegen die große Glasscheibe, dass es nur so kracht. Die Katze lässt das kalt. Mit meinen Pfoten trommle ich gegen das unbarmherzige Glas. Die Katze lässt das kalt. Ich kläffe mir die Seele aus dem Leib. Die Katze lässt das kalt. Meine Rute steht kerzengrade. Die Katze lässt das kalt. Wenn ich meine Schlappohren besser im Griff hätte, würde ich sie aufstellen. Wenn ich ein Rottweiler wäre würde ich sabbern ohne Ende. Wenn … Die Katze lässt das kalt. Ich überschlage mich fast.

Die Katze lässt das kalt.

Fast scheint sie mir ihre Zunge herauszustrecken. Formvollendet pilgert sie über unsere Terrasse, dann ist sie um die Ecke und nicht mehr zu sehen. Da gibt es auch ein Fenster. Ich also dahin. Es ist zu hoch. Ich kann das Vieh förmlich riechen, aber nicht mehr sehen. Viel fehlt nicht und ich reiße alles herunter, was auf der Fensterbank steht.

Wenn Tobi nicht irgendwann aus der Schule gekommen wäre, hätte ich, glaube ich, bis abends durchgekläfft. So kann ich – Gott sei Dank – aufhören, ohne mein Gesicht ganz zu verlieren.

Na warte, du Vieh – The Day will come!

Die Sache mit der Musik

Die berühmtesten Beagle der Welt dürften die Comicfiguren ‚Snoopy', ‚Underdog' und ‚Gromit' sein. Das sind zwar keine klassischen tricolor-Beagle, aber immerhin. Selbst die legendären ‚Panzerknacker' von Walt Disney heißen im Original ‚Beagle-Boys' – einen Kommentar dazu erspare ich mir besser.

Der einzige mir bekannte Beagle, für den je ein Musikstück komponiert wurde und das diesem auch noch gewidmet ist, ist Epsom (1965-78). Sein Herrchen Robert Cundick war lange Zeit Erster Organist der großen Tabernacle Orgel in Salt Lake City. Die Lyrische Suite ‚Epsom Esq.' von 1974 gibt es sogar in einer Ballettversion. Esq. ist übrigens die Abkürzung von ‚Esquire' und bedeutet so viel wie ‚hochwohlgeboren'. Na, wenn das kein passender Titel für einen Beagle ist*).

Wenn man diese Musik hört, hat man das Gefühl meinen Kollegen Epsom noch posthum umhertollen zu sehen. Übrigens soll eines seiner Lieblingsstücke daraus „Promenade" gewesen sein.

*) Die originale Widmung lautet: *Dedicated to his royal highness Sir Epsom, our beloved Beagle*

Von Papa ist so was natürlich nicht zu erwarten. Zwar gibt es in meiner Höhle ziemlich viel Musik von meinem Rudel, aber ein Stück nur für mich selber, daran denkt hier keiner auch nur ansatzweise. Wenn Papa Orgel spielt kann ich herrlich dösen, nur wenn er zu laut wird, verkrümele ich mich verachtend in die Diele in mein Körbchen.

Wenn Mama in diesen langen Metallstab mit den glänzenden Klappen bläst, rührt mich das schon mehr an. Dann singe ich manchmal herzlich mit. Schließlich bin ich begeisterter Anhänger des Bel(l)canto. „Wolfsgeheul" nennt Tobi das dann abwertend. Die tiefen Töne, die Omi diesem Holzkasten entlockt, den sie Cello nennen, berühren meine Hundeseele dagegen höchst emotional. Dann *muss* ich einfach mitsingen, wenngleich einen halben Ton tiefer als Omi spielt. „Osse, du bist in der falschen Tonart" sagt Papa dann.

Irgendwie ist sein Musikgeschmack noch aus dem vorletzten Jahrhundert. Schließlich sind harte Dissonanzen heutzutage absolut in.

‚Sir Oskar' – das wäre doch ein guter Titel für eine Oper. Aber ich glaube mein Hundeleben ist zu kurz, als dass sich Papa dazu je bequemen würde. Ich bin auch ziemlich sicher, dass er so was gar nicht könnte. Und – ins Opernhaus dürfte ich wahrscheinlich sowieso nicht.

Die Sache mit dem Buddeln

Mein eingezäuntes Gartenteil sieht aus wie eine Grossbaustelle. An den verschiedensten Stellen finden sich interessante Gerüche, die von unter der Erdoberfläche zu kommen scheinen. Selbstverständlich gehe ich der Sache im wahrsten Sinne des Wortes auf den Grund und kontrolliere alles genau.

„Kriegt ihr hier 'ne U-Bahn?" fragt Tobis Freund Kai. Bald kann man um meine gebuddelten Löcher Slalom laufen. Ich bin ein wahres Arbeitstier: Ein 30 cm – Loch kann ich in zwölf Sekunden buddeln. Mama hat Angst, dass ich mich an den Stellen, die nahe am Zaun sind, durchbuddeln könnte. Ich glaube, das hebe ich mir mal für später auf, wenn sie nicht mehr damit rechnen.

Sie glauben auch, dass ich nicht über diesen lächerlichen Zaun springen könnte, den sie für viel Geld extra haben errichten lassen. Aus diesem Grund haben sie auch auf Hochspringspielchen und diesen Agilitykram verzichtet, damit ich nicht noch Spaß am Springen bekomme und so verschwinden könnte. Deshalb fühlen sie sich sicher. Wenn es aber dermaleinst nötig sein sollte, wird dieses Zäunchen mich nicht hindern. Das ist ziemlich gewiss, Leute.

Es ist soweit. Die Sache mit der Buddelei hat einen neuen Antrieb bekommen, denn ein Maulwurf hat in unserem Garten sein Unwesen getrieben. Überall sieht man seine aufgeworfenen Hügel. Wenn ich daran schnuppere, rieche ich das Vieh förmlich. Also wird nachgesehen: Buddel, buddel, buddel. Aber nirgendwo ist dieser Kerl zu finden. Also pinkle ich auf jeden seiner Hügel, um klarzustellen, wessen Revier das hier wirklich ist.

Am nächsten Morgen sind aber wieder frische Maulwurfshügel da. Das mit dem Anpinkeln hat wohl nicht so recht geklappt, also kröne ich den größten seiner Haufen mit einem Eigenen.

Irgendwann habe ich die Lust an der Buddelei verloren, man findet doch nichts Gescheites und mein Rudel nimmt es mittlerweile mit Gelassenheit. Dann macht es auch keinen Spaß mehr.

Papa hat die Löcher inzwischen zugeschüttet, und langsam wächst auch wieder Gras auf den Stellen. Ich denke, wenn das richtig zugewachsen ist und keiner mehr damit rechnet, gönne ich mir noch mal eine kleine Buddelei.

Die Sache mit dem Fliegen

Es ist Spätsommer. Am Samstag soll es noch mal schön werden, sagt diese Frau in dem Kasten, den sie Fernseher nennen. Da beschließt mein Rudel einen Inseltag einzulegen. Papa und Tobi wollen unbedingt fliegen anstatt mit dem Schiff zu fahren. Mama ist das nicht geheuer, aber man spart wohl viel von dem, was die Menschen Zeit nennen, was auch immer das ist. Davon haben sie wohl nicht so viel. So wird der Flug gebucht. Marlon, Tobis Freund, kommt auch mit. Das wird lustig.

Nachdem wir ihn mit dem Auto abgeholt haben, fährt Mama uns zum Flugplatz. Hier ist richtig was los und es brummt und brummt abenteuerlich am Himmel. Ich werde gewogen und dann müssen wir warten. Dann endlich sind wir dran. Durch eine Tür laufen wir über das Flugfeld zu der zehnsitzigen Cessna. „Der Hund kommt zwischen die Rücksitze auf den Boden" bestimmt der Pilot, und ich füge mich gehorsam. Aber als er den Motor startet und ein Höllenlärm ausbricht, der Boden zittert und die Welt scheinbar untergeht, mache ich einen Satz – so eng es auch ist – und bin bei Tobi auf dem Schoß. Zum Glück ist der Pilot so mit seinen Hebeln und Knöpfen beschäftigt, dass er das nicht mitbekommt.

Ich frage mich wer mehr zittert: Die Maschine oder ich. Meine Rute ist zwischen meine Hinterläufe eingeklemmt und hat jede Fröhlichkeit verloren. Dann gibt der Pilot Gas. Wenn ich bis jetzt geglaubt hatte den schlimmsten Lärm meines Lebens zu erfahren – jetzt wird das noch getoppt. Der Pilot nimmt die Bremse weg und der Flieger beschleunigt, hebt ab und … wir fliegen! Nun wird es auch deutlich leiser. Ich schaue aus dem Fenster und sehe die Fischkutter so klein wie Leckerli im Wasser schwimmen. Die Sonne kommt durch die Wolken und unter uns glitzert eine riesige Pfütze. Fliegen ist eigentlich toll, wenn ich nicht so eine furchtbare Angst hätte. Aber das sage ich natürlich keinem. „Toll Osse, brav!" sagt Tobi immer wieder und streichelt mich. Ich glaube, er zittert auch ein klein wenig.

Kaum sind wir in der Luft, ist alles schon wieder vorbei, der Flieger neigt sich in die Kurve und ich bin froh, heute Morgen mein Fressnapf verachtet zu haben. Da ist schon die Landebahn zu erkennen. Ehe wir uns versehen eiern die Räder über die holperige Landebahn und der Pilot bremst die Maschine ab. Ehrlich, ich bin froh, dass wir da sind.

Zurück wird aber gelaufen, Leute, das sage ich euch. In dieses Flugdings kriegen mich jedenfalls keine zehn Pferde mehr rein.

Die Sache mit dem Hundestrand

Mein Rudel will zum Hundestrand. Das hört sich spannend an. Also machen wir uns auf den Weg. Zunächst muss mal die Strecke markiert werden, schließlich wollen wir heute Nachmittag auch wieder zurückfinden. Als wir ankommen, bin ich erstaunt: Sand, soweit das Hundeauge reicht! Und ganz anders als der auf den Spielplätzen, auf die ich sowieso nicht darf. Meine Pfoten tauchen tief darin ein, so weich ist er, und das Laufen fällt dadurch ziemlich schwer. Obwohl es noch recht früh ist, sind schon viele Hunde mit ihren Menschen da. Überall sieht man riesige Körbchen, in denen Menschen sitzen.

Die Dinger kann man herrlich anpinkeln, wovon meine Kollegen und ich lebhaft Gebrauch machen.

Tobi, sein Freund Marlon und ich toben im Sand herum. Sie schießen sich gegenseitig einen Ball zu, und ich versuche den zu kriegen. Aber sie sind ziemlich gut, es gelingt mir kaum. Da kommt Papa auf die blödeste Idee, die er je gehabt hat. Er schnappt sich meine Leine und wir laufen los. So weit, so gut. Da vorne rauscht es so komisch, und dann sehe ich es: Mann, Leute, eine so große Pfütze habt ihr euren Lebtag noch nicht gesehen! Das muss die sein, die wir vorhin aus dem Flugdings gesehen haben. Und – sie lebt! Sie bewegt sich, kommt auf uns zu und geht wieder weg. Dabei rauscht sie abenteuerlich. Geheuer ist mir das Ganze nicht und ich verstehe nicht wirklich, warum Papa hier unbedingt hin wollte.

Wie immer habe ich heute noch keinen Tropfen getrunken, und die Sonne scheint unbarmherzig vom Himmel. Also ran an den Feind und diese merkwürdige Pfütze kontaktiert. Aber das Wasser ist ungenießbar. Ekelhaft – mir ziehen sich die Lefzen zusammen. Dann erstarre ich: Ein kleiner Krebs huscht vor meinen Pfoten durch den Sand. Das ist nett. Aber dann geschieht das Ungeheuerliche. Diese Pfütze kommt und frisst ihn auf. Dann läuft sie davon. Wo eben noch der Krebs war, ist jetzt nur noch nasser Sand.

Jetzt hält mich nichts mehr: Zurück zu diesem überdimensionalen Körbchen, wo Mama wartet. Aber Papa hält mich fest: „Hey Osse, keine Bange!" Nun geht er immer tiefer in diese mordende Pfütze. Zum Glück habe ich ihn an der Leine, so dass ihm zunächst mal nichts passieren kann. Er scheint die Gefahr einfach nicht wahr haben zu wollen, also kläffe und kläffe ich. Die Pfütze scheint ihn verhext zu haben: Jetzt versucht er sogar noch mich mit hineinzuziehen, aber mit allem Widerstand, den ein 15 kg – Rüde so aufbieten kann halte ich ihn von unserem gemeinsamen Unglück zurück. Schließlich gibt er auf und die Pfütze uns wieder frei. „Du Feigling, Osse", sagt er dann, als wir zurück marschieren. Feigling? Immerhin habe ich ihm das Leben gerettet! Und außerdem lieber feige, als gefressen und tot.

Später sehen wir viele Menschen, die ihren Hunden Bälle in diese monströse Pfütze werfen, und die Hunde holen sie aus lauter Gehorsamkeitsquatsch unter Aufbietung ihres eigenen Lebens wieder heraus. Den Menschen scheint das Spaß zu machen. Meine Hundekumpels tun mir echt leid.

Am späten Nachmittag geht es doch wieder mit diesem Flugdings zurück. Ich sträube mich. Ich winde mich. Es hilft nichts. „Sonst musst du schwimmen, Osse" sagt Papa und packt mich mit Gewalt.

Schwimmen?

Freiwillig in diese Pfütze?

Dann lieber Augen zu und durch.

Die Sache mit der Läufigkeit

Aber hallo – nun mal halb lang! Läufigkeit hat ja wohl eher was mit den Mädels zu tun, und ich bin zweifelsohne ein Junge! Aber trotzdem scheint das auch beim Rüden eine gewisse Bedeutung zu haben.

Mittlerweile bin ich zweieinhalb Jahre alt, und mein Rudel wundert sich, wieso mir die Hundemädels ziemlich gleichgültig sind. Ich liebe *alle* Hunde, denen wir unterwegs begegnen, und will an *jedem* ausgiebig schnüffeln, aber mehr ist nicht. Ich glaube Papa sorgt sich, ob ich nicht vielleicht schwul bin oder so was. „Quatsch" sagt Tobi, „das gibt es bei Hunden nicht."

Na - vielleicht ist die Richtige ja nur noch nicht vorbeigekommen. Ich nehme doch nicht die Erstbeste, schließlich bin ich ja als geborener 'King Tralala' nicht irgendwer. Also warten alle, ob eine läufige Hündin mich doch noch rumkriegt. Wenn ich so eine erschnüffele juckt es mich schon in der Nase. Ich renne und zerre dann ein bisschen, aber nein – ich warte lieber noch ein Weilchen weiter …

Zum Glück kommt gerade Max angetrottet. Ich *liebe* Max. Er erinnert mich an Leo, den Apothekenhund. Ich vergöttere Max, ihn könnte ich stundenlang anhimmeln.

Leider ist er ein Rüde wie ich. Seufz. Also warte ich weiter.

Die Sache mit den Menschenleckerli

Papa ist oft irgendwo dort was sich "Arbeit" nennt. Das scheint für Menschen immens wichtig, denn er ist sehr oft dort - eigentlich den ganzen Tag. Wenn er dann nach Hause kommt, setzt er sich gerne in meinen Sessel, denn er glaubt es sei seiner. Dann kann ich dort nicht drauf, was ich immer mache, wenn er weg ist. Zum Glück bekommt er das nicht mit, weil er ja nicht da ist und Mama hält dicht und sagt ihm nichts.

Da sitzt er nun und Mama hat ihm ein Mon Cheri gegeben, das ist so ein abenteuerliches Menschenleckerli in rosaroter Folie, dass er auf die Sessellehne gelegt hat, da er noch sein Wurstbrot futtert. Irgendwann muss er auf's Klo und geht raus. Das ist mein Moment: Mit der Pfote wische ich das Mon Cherie runter, quasi direkt in meinen Fang - zweimal gekaut und das Ding ist in meinem Magen. Ich weiß nicht, was Menschen daran finden: Schokolade mit Schnaps in Plastikhülle - so doll ist das nun wirklich nicht.

Als Papa wieder zurück ist, hat er das Ding komplett vergessen, erst als Mama ihm noch eines anbietet wird er nervös. Er scheint zu ahnen, dass er das noch gar nicht gegessen hat und schaut unter dem Sessel und sucht den ganzen Teppich ab.

Gelangweilt schaue ich zu, in meinem Magen zwickt derweil die Plastikfolie.

Irgendwann glaubt er, dass er es wohl doch gegessen hat, denn er sagt nichts mehr dazu und sucht auch nicht mehr weiter. Dass ich irgendwas damit zu tun haben könnte, erscheint ihm aber zu abwegig.

Dass ich es doch war, sieht er aber dann am nächsten Tag, als es bei der abendlichen Runde in meinem Haufen rosarot schimmert ... Seitdem passt er höllisch auf, was er irgendwo hinlegt. Meinetwegen. So was muss man nicht haben. Verstehe einer diese Menschen ...

Die Sache mit dem Fahrrad

Sie nennen es Fahrradfahren. Da sitzen die Menschen auf einem komischen Gestell das ziemlich lang und ganz dünn ist, mit großen Rädern, durch die man sehen kann. Sogar deren Welpen machen so etwas. Jedenfalls sind sie schneller damit als zu Fuß, fast so schnell wie wir Hunde.

Papa sieht immer neidisch auf die Hunde, die mit ihren Menschen neben dem Fahrrad rennen. „Das wäre was für dich, Osse!" sagt er dann. Ich weiß nicht - geheuer ist mir das nicht. Als ich noch klein war, sagte Mama immer „dafür ist es noch zu früh." Jetzt bin ich fast drei Jahre alt, und Papa meint nun wäre es aber langsam Zeit.

Neulich traf ich Shirko, die Dogge. Während wir so taten, als ob wir uns beschnuppern würden, raunte er mir zu: „Lass dich bloß nicht auf dieses Fahrradfahren ein. Die Menschen hetzen dich zu Tode und glauben auch noch, dass dir das Spaß macht. Fang' damit bloß nicht an!"

Das will ich mir gerne zu Herzen nehmen.

Glücklich sehen die Hunde nicht aus, die neben diesen Dingern rennen müssen. Die Zunge hängt ihnen aus der Schnauze, und oft können sie dich nicht mal anständig begrüßen, wenn du ihnen begegnest, weil sie vor lauter Gehetze nur noch japsen können. Schnuppern und erst recht Beschnuppern geht schon gar nicht!

Dieses Fahrradfahren ist einfach nur blöd: Du kannst nichts schnüffeln, du kannst nirgends markieren und hetzt dir die Seele aus dem Leib. Ich weiß nicht, was die Menschen daran so toll finden! Nur weil meinen Rudelführer zu sein, glauben sie sich alles herausnehmen zu können.

Nun ist es so weit. Papa hat sich einen Tag ausgesucht, an dem es nicht regnet und nicht zu warm ist. „Freust du dich, Osse?" fragt er. Na, wenn du wüsstest! Ich beschließe Shirkos Rat anzunehmen und Papa eine Lektion zu erteilen, dass er diesen Blödsinn ein für allemal lässt. Dass er sich dabei weh tun wird, tut mir irgendwie leid, aber es hilft alles nichts - schließlich geht es um *meine* Zukunft. Da sind Opfer erforderlich. Lieber ein Ende mit Schrecken, als ein Schrecken ohne Ende. Oder?

Papa wollte schon so ein spezielles Fahrraddings für Hunde kaufen, aber er probiert es erst mit der normalen Leine. Zunächst fährt er langsam los, und ich laufe brav daneben. So weit, so gut. Aber dann wird er mutiger und beschleunigt das Tempo und wird immer schneller. Als wir bei der Reithalle angekommen sind, ist der geeignete Moment gekommen. Hier ist alles gepflastert - ein Sturz hier tut wirklich weh und geht nicht so glimpflich ab, wie auf dem Wanderweg. Wenn schon, denn schon. Schließlich muss das eine Lektion fürs Leben werden.

Während wir also so richtig in Fahrt sind, schere ich im vollen Galopp mit meinen stattlichen fünfzehn Kilogramm Lebendhundgewicht im 90°-Winkel nach außen. Das lernt man, wenn man einen Hasen fangen will, und uns Beagle steckt das im Blut.

Mit allem scheint Papa gerechnet zu haben, dass ich stehen bleibe oder zerre, aber damit nicht. Das Fahrrad kippt in Nullkommanichts, und Papa schürft sich die linke Hand und das Knie auf, weil er ungebremst auf den steinharten Boden knallt.

Respekt: Kein Jammern kommt aus seinem Mund, diese Blöße gibt er sich nicht, obwohl es ziemlich weh tun müsste. Fast hätte er noch die Leine los gelassen, dann wäre die Situation perfekt gewesen - er hätte Betteln müssen, damit ich ihm nicht weglaufe. So sehe ich ihn mit meinem unschuldigsten Blick an, zu dem ich fähig bin. Aus der Ferne sehen meine Hundekumpels mit ihren Menschen dem Spektakel zu. Wenigstens hatte er ein begeistertes Publikum für seine Akrobatik.

Zurück geht es jedenfalls zu Fuß. Papa schiebt das Fahrrad, ein wenig humpelnd. Wiederholt haben wir diese Art von Ausflug jedenfalls bis heute nicht mehr. Als ich Shirko das nächstemal treffe, zwinkert er mir aus gefühlten zwei Metern Höhe zu: „Gut gemacht, Kleiner!"

Da werde ich direkt ein bisschen größer.

Die Sache mit dem Beagleclub

Es ist Samstag. Wir sind mal wieder unterwegs nach Wilhelmshaven. Da gibt es ein großes Terrain mit einem hohen Zaun abgesperrt - warum bloß? - nur für uns und da können wir Beagle tollen wie wir wollen. Meistens sind so acht bis zehn von uns mit ihren Menschen da. Mama holt Papa von der Arbeit ab und je näher wir kommen, desto mehr rieche und höre ich meine Kumpels. Die meisten hier sind jünger als ich, nur Paul und Hasper sind älter.

Hasper ist das ewige Rumgerenne längst zu blöd - er ist mit zwölf ja der Senior hier, und so bleibt er lieber auf einem der Stühle, die eigentlich für die Menschen da sind, auf der angrenzenden Terrasse sitzen. Das ist ein echt würdevoller Anblick, wie er so da thront und alles im Blick hat. Ich hocke mich davor und himmle ihn an und würde am liebsten in ihn reinkriechen, so ein markanter männlich-dominanter Duft geht von ihm aus. Er mag es aber gar nicht, wenn so junges Gemüse wie ich an ihm rummachen will, also knurrt er mich immerzu an, was mich nicht davon abhält, es immer wieder zu versuchen.

Plötzlich ist Aufbruchstimmung: Die Menschen leinen ihre Beagle an und zerren sie zum anderen Ende des Platzes. Lernstunde ist angesagt - nichts für mich, das erinnert an diese sinnlose Hundeschule von Anno dunnemals und deren blöde Leiterin.

Aber Mama ist erbarmungslos, und ich muss mit. Papa schaut wie immer nur zu. Warum nimmt sie eigentlich nicht einfach ihn an die Leine für ihren Selbstverwirklichungstripp?

Nun sollen wir neben unseren Menschen laufen. 'Bei Fuß', Sitz, Platz und dieser ganze elende Gehorsamkeitsquatsch wird durchgeritten - schließlich geht es hier um die Vorbereitung auf das 'Beagle-Diplom', was auch immer das ist. Meine Kumpels finden das genau so ätzend wie ich, aber sie sind schlau genug das böse Spiel mitzumachen, denn umso schneller endet der Blödsinn für uns alle und wir sind wieder leinenfrei unterwegs. Außerdem gibt's immer jede Menge Leckerli für uns, wenn wir diesen ganzen Kram immer und immer wieder absolvieren.

Während die Menschen sich danach mit Eis und Kuchen vollstopfen - und ich glaube nur deswegen kommen sie überhaupt dort hin, aber das kann uns egal sein, weil manchmal auch für uns was abfällt - können wir unsre Freiheit genießen und toben wie wild. Einer von uns macht den Hasen, die anderen jagen ihn als Meute kreuz und quer durch das Gelände. Wenn wir ihn haben, fressen wir ihn auf. Diesmal muss Blue als Jüngste dran glauben.

Quatsch! Wer glaubt denn so was???

Jedenfalls haben wir viel Spaß zusammen und nach zwei bis drei Stunden geht's mit dem Auto wieder nach Hause. Meistens schlafe ich auf der Rückfahrt schon mal ein wenig und träume davon auch schon zwölf zu sein und wie Hasper auf dem Thron zu sitzen, und daheim gibt's dann was Leckeres zum Abend. Anfangs hatte ich nach diesen Abenteuern immer ziemlich Muskelkater von der vielen Rennerei und konnte kaum noch laufen, mittlerweile macht mir das aber nichts mehr aus.

Von mir aus könnte jeder Tag so ein Samstag sein, Leute. Vor allem weil es dann meistens am nächsten Tag zu diesem 'Essengehen' und dem Rumpsteak mit Bearnaise geht ...

Die Sache mit dem Steckbrief

Silvia ist lieb mit mir. Silvia ist die jüngste im Apothekenrudel. Sie mag mich. Silvia hat selber einen Hund, deshalb verstehen wir uns auch so gut. Manchmal spielt sie mit mir oder füttert mich und macht mir mein Fressen klein und mundgerecht. Dann fresse ich es, obwohl ich es vorher gnadenlos ignoriert habe.

Silvia ist böse mit mir. Ich habe gebellt, da vorne im Laden ein Hund war, und der muss doch wissen, dass ich auch hier bin. Also wird gekläfft. Ich würde ja nach vorne rennen, aber die blöde an meinem Halsband befestigte Leine hindert mich. Also kläffe ich. Ich will doch nur ein bisschen schnüffeln.

Silvia ist böse mit mir, sie telefoniert gerade und kann nichts mehr verstehen, weil ich kläffe. Da packt sie mich am Halsband und schmeißt mich raus in den kleinen Hof neben der Apotheke. Dort ist es langweilig, hier gibt es keine sinnvollen Gerüche. Im Sommer, wenn die Sonne scheint, will ich mir das ja noch gefallen lassen. Dann kann man herrlich in der Sonne liegen und dösen. Aber jetzt ist Herbst. Es regnet und es ist kalt. Ich bin beleidigt.

Also knabbere ich, nachdem sie mich gnädigerweise wieder rein gelassen haben, aus Rache ein paar Kisten an und zerfetze ein Stofftier. Daraufhin schreibt Papa einen Steckbrief, den sie an die Tür hängen. Sie finden das auch noch lustig. Das macht mich stinkesauer.

WANTED

wegen Mundraub, Betteln und Anspringen sowie Vandalismus und ruhestörendem Lärm

Oskar „Osse" the Brain

$ 500.000

Vorsicht: Der Gesuchte ist bis an die Zähne bewaffnet!

Die Sache mit der Bewerbung

Das mit diesem Steckbrief ist derart böse und gemein, dass ich beschließe, mir ein anderes Apothekenrudel zu suchen. Schnell habe ich in meinem hellen Köpfchen eine Bewerbung formuliert:

Sehr geehrte Damen und Herren,

wie mir durch mein Herrchen bekannt wurde, haben Sie in Ihrer Apotheke etliche Stellen neu zu besetzen. Ich möchte mich hiermit kurz vorstellen: Ich bin ein Beagle, seit mindestens acht Generationen reinrassig. Über die Charaktereigenschaften meiner Rasse informieren Sie sich bitte in den gängigen Internetportalen.

Seit über zwei Jahren habe ich einschlägige Erfahrungen als Apothekenhund, zuletzt in Alleinstellung. Ich bin Nachfolger eines renommierten Golden Retrievers und kenne die betrieblichen Anforderungen zur Genüge. Ich bin sehr genügsam, friedlich und nur wenig bellfreudig. Zu hygienischen Anforderungen lassen Sie mich klarstellen, dass ich absolut frei von Tollwut und Flohbefall bin. Selbstverständlich werde ich regelmäßig mit einem Breitspektrumanthelmintikum entwurmt.

Ich erwarte ein hundefreundliches Klima sowie einen kuscheligen Schlafplatz zum Dösen. Ich bin ansonsten mit drei bis vier täglichen Gassigängen zufrieden und würde die Stelle gegen Kost und Logis annehmen. Trinken tue ich in der Regel aus öffentlichen Pfützen, so dass für Sie hiermit keine Kosten anfallen würden.

Bitte antworten Sie mir zeitnah, da noch eine weitere Bewerbung an das Landeskriminalamt Bremen als Spürhund läuft. Zudem habe ich ein lukratives Angebot der Pharmaindustrie als Versuchshund, welches allerdings befristet scheint und offensichtlich keinerlei Ansprüche auf artgerechte Altersversorgung beinhaltet.

Alles Weitere entnehmen Sie bitte meinem beigefügten Lebenslauf.

Über einen Termin für ein gemeinsames Gassigehen zum Kennenlernen würde ich mich sehr freuen.

Mit freundlichen Grüßen

LEBENSLAUF

Name	Oskar „Osse" geb. „Dynamic Hunter's" Brain
Wurfdatum	06.07.2009 in Kloster Lehnin / Brandenburg
Eltern	Vater: King Kelvin of Cornerhouse, gelernter Deckrüde Mutter: „Dynamic Hunter's" Sally, Familienmanagerin
Geschwister	10 aus gleichem Wurf (Verbleib unbekannt) sowie etliche aus mindestens drei weiteren Würfen
Adresse	Nordseenähe, an der Reithalle, immer der Spur nach
Schulbildung	Hundeschule Oktober 2009 bis Januar 2010 (ohne Abschluss)
Referenzen	seit Oktober 2009 3x wöchentlich vormittags als Apothekenhund in ungekündigter Stellung
Besondere Eigenschaften	charmant, friedlich, kinderlieb, pflegeleicht
Hobbys	Jagen, Betteln, Dösen, Fressen

Das mit dem Spürhund ist schon mein Traumjob, aber natürlich voll geflunkert. Und die Stelle in der Pharmaindustrie, also Leute, das wäre mir wirklich nicht geheuer gewesen. Man hört da so manches. Außerdem liebe ich meine beiden Rudel eigentlich doch sehr.

Die Sache mit dem Kreuzband

In meiner Höhle gibt's ein paar sehr gefährliche Stellen: Wenn ich aus dem Wohnzimmer fege wo ein toller Teppich auf dem Parkett liegt weil ich mein Fressen in den Napf rauschen höre, rutsche ich oft auf den Fliesen in der Diele aus. Das tut meinen Hinterläufen nicht wirklich gut. Manchmal hinke ich dann auf drei Beinen wie so ein Kasper eine Weile durch die Gegend, bis es wieder geht.

Irgendwann mal, als ich neun bin, sind wir bei der Reithalle unterwegs. Und warum auch immer rutsche ich aus. Diesmal tut es echt weh, und ich kann nicht mehr laufen. „Stell' dich nicht so an, Osse", meint Papa. Der hat echt gut reden, er muss ja nicht auf seinen Armen laufen und den Rest hinter sich herziehen.

Weil das diesmal nicht besser wird, sind wir mal wieder beim Tierarzt. Nach dem Röntgen - das ist so eine Maschine die komisch surrt und vor der die Menschen offensichtlich Angst haben und weglaufen nachdem sie sie angestellt haben - wird klar: Die Hüfte hat übel Arthrose und das Kreuz-band ist gerissen, das bedeutet schnell operieren.

Papa ist das gar nicht recht. Akki, das ist der Hundenachfolger des Apothekenhundes Leo, ist kürzlich erst so operiert worden und die Heilung war elendig lange und blöd. Die anschließende Reha war auch nicht vom Feinsten. Das wollen sie nicht für mich. „Das geht eventuell auch konservativ" meint der Tierarzt. „Dann spritzen wir Hyaluron ins Gelenk, das stabilisiert das und schmiert die Knochen. Mit vorsichtigem Belasten könnte es dann vielleicht auch so heilen, zu mindestens bei kleinen Hunden". Das hört sich schon besser an und ich mache mich lieber ganz klein.

Und so wird es schließlich gemacht, das Spritzen war nicht ganz so angenehm und danach humple ich auf drei Beinen, wie in den letzten Tagen auch, wieder zum Auto. Zuhause gibt es eine Batterie von Kügelchen, und wenn wir in den nächsten Tagen laufen, dann im Schneckentempo, weil ich den linken Hinterlauf nur ganz vorsichtig aufsetze. Sobald es dann etwas schneller wird, wird wieder gehüpft ...

Nach wenigen Tagen wird es langsam immer besser, die Strecken wieder länger und das Tempo behutsam beschleunigt. Als ich dann nach zwei Wochen zum Pinkeln wieder das rechte Bein heben kann und auf dem linken stehe, ist alles wieder gut.

Die Sache mit dem Vaterwerden

In der näheren Umgebung von uns leben noch etliche Beagle. So kommt es, dass deren Menschen mich öfter begutachten. Irgendwann beschließen sie, dass ich Papa werden sollte.

Also Leute, ohne mich. Wenn ich da an die Gastrolle von diesem King Kelvin denke, weiß ich wirklich nicht, wozu das gut sein soll. Doch irgendwie sind meine Leute 'Feuer und Flamme'. So werde ich an einem Mittwochnachmittag ins Auto verfrachtet und über Land kutschiert - zu Gipsy.

In einem umzäunten Gartenteil können wir nach Herzenslust toben. Endlich ist diese blöde Leine weg, und ich bin ungehindert. Irgendwann sind wir zwei diese Hetzerei leid und beschnüffeln uns ausgiebig und überall. Was dann kommt, darüber schweigt der Kavalier. Außerdem ist das ja hier ein jugendfreies Buch.

Ewig später kommt Papa mit Fotos von Beaglewelpen nach Hause. Meine Leute sind entzückt: „Hey, wie süß!" sagen sie, und Papa, ganz stolz: „Das sind Deine, Osse!"

Na fein, dann mal her damit.

Und ehe sie sich versehen, habe ich die Fotos mit meiner Schnauze gepackt und verschleppe sie in eine ruhige Ecke, wo ich sie genüsslich zerfetze. Als Mama die Bescherung sieht, ist sie entsetzt: „Osse, wie kannst du - spinnst du?" Alle sind stinkesauer.

Da verstehe einer diese Menschen. Ich denke, diese Fotos sind meine, wie Papa gesagt hatte. Und dann darf ich damit doch wohl machen, was ich will, oder? Diese Menschen sind schon komisch. Irgendwie kommst du mit ihnen ganz gut aus, aber so wirklich verstehen kann man sie eigentlich nicht ...

Die Sache mit dem Einschläfern

Wir sind mal wieder in Richtung Schützenplatz unterwegs, da kommt uns Curry mit ihrem Frauchen entgegen. Curry ist meine heimliche Freundin, auch wenn sie es nicht wissen darf. Sie läuft schwanzwedelnd und fröhlich neben ihr und - sie sieht fantastisch aus: Der schreckliche Verband um Brust und Rücken ist weg, und sie läuft sogar leinenfrei. Wir beschnuppern uns ausgiebig und begrüßen uns. Es geht ihr wieder richtig gut und sie lächelt ihr verschmitztes betörendes Dackellächeln, so dass mir ganz warm wird. Hätte ich kein Fell im Gesicht, würde ich bestimmt erröten.

Ihr Frauchen hingegen sieht aus wie drei Tage Regenwetter, das Gesicht ist ganz nass. Während wir Hunde uns beschnuppern spricht Mama mit ihr. „Sie hatte doch schon lange diesen bösen Brusttumor" sagt Currys Frauchen, „zuletzt war es so schlimm, dass sie nicht mehr fressen wollte. Gestern haben wir sie dann erlöst. Sie fehlt uns jetzt schon so schrecklich." Mama drückt sie bekümmert an sich um sie zu trösten. Ich glaube, sie denkt dabei an mich.

Leise raunt Curry mir zu: „Diese Menschen sind schon komisch. *Wir* haben sie uns doch ausgesucht, da verlassen *wir* sie doch nicht - schon gar nicht wegen diesem blöden Eingeschläfere - was denken die sich eigentlich??" Ich bin jedenfalls froh, dass Curry so gut drauf ist. Sie reibt sich an ihres Frauchens Bein und die schaut ganz verstört nach unten. Dann geht's endlich weiter, Curry bellt noch mal kurz, und schon sind sie um die Ecke verschwunden.

Mama ist sehr bedrückt: „Osse, du bleibst uns doch wohl hoffentlich noch lange erhalten!"

Ich kann eigentlich nur den Kopf schütteln - rallen diese Menschen das einfach nicht? Wir sind doch *immer* für sie da und verlassen sie nicht einfach so!

Die Sache mit dem Münsterländer

Mama läuft mit mir eines Mittags, als ich zehn bin, an der kleinen Kirche vorbei, da passiert etwas, was echt weh tut und uns lange beschäftigen wird: Von einer Garagenauffahrt kommt dieser Münsterländer angeschossen und ehe wir uns versehen packt er mich mit seinen Zähnen an der rechten Hüfte und schleudert mich hin und her. Zum Glück kommt das Frauchen schnell dazu und der Alptraum ist zunächst mal vorbei. Mit vier Löchern der Fangzähne in Hüfte und Hinterteil aus denen langsam Blut sickert machen wir uns auf den Heimweh, ich kann kaum laufen, so sehr zwickt das. Zuhause gibt es erst mal diese weißen Kügelchen, die ich begierig aus Mamas Hand auflecke.

Es ist Mittwoch, da ist Papa schon mittags zuhause und als er kommt, ist er entsetzt: Ich zittere und bin apathisch und nicht wirklich ansprechbar. Mama hat einen Tierarzttermin gemacht, aber bis dahin meint Papa noch mit mir laufen zu müssen. Also zerrt er mich mehr oder weniger durch die Gegend, bis ich endlich am Schützenplatz meine Geschäfte erledigt habe. Ich bin so was von fertig und verkrieche mich im Wohnzimmer in eine Ecke und besudele dabei Wand und Sofa mit meinem Blut.

Der Tierarzt sagt: „Da haben sie aber Glück gehabt, die eine Bissstelle geht zwar bis auf den Hüftknochen, aber Blase und Hoden sind ganz knapp verschont geblieben. Diese tiefen Bisswunden sind aber übel, und das dauert lange und es kann eine Blutvergiftung geben." Dann spritzt er zahllose Medikamente - mir ist alles egal, ich will nur noch nach Hause und schlafen.

In den kommenden Tagen wird mir immer heiß und kalt, ich mag nichts fressen, ich mag nichts saufen. Meine Leute ist sehr besorgt. Mama und Omi sind jeden Tag mit mir beim Tierarzt, sogar samstags und sonntags müssen wir kommen: Wunde säubern - autsch - Antibiotikum und Schmerzmittel spritzen, und das einen ganzen Monat lang. Papa probiert zahllose Kügelchen um den Heilungsverlauf zu beschleunigen, denn es scheint wochenlang nicht aufwärts zu gehen. Schließlich besorgt er ein seltenes Homöopathisches Mittel: „Das hat im amerikanischen Bürgerkrieg in den 1860er Jahren zahllosen Soldaten mit üblen Schussverletzungen das Leben gerettet" weiß er. Und weil sowas so ähnlich wie tiefe Bisswunden ist, hofft er das Beste.

Von dem Tag an geht's endlich aufwärts und ich mag bald auch wieder gerne Laufen, der Schwanz wedelt wieder freudig und irgendwann ist alles nur noch wie ein Alptraum, aber zum Glück vorbei.

Jedenfalls sind wir da nie mehr lang gelaufen.

Die Sache mit dem Hinterteil und so

Schon länger macht dieses „Sitz"getue nicht wirklich mehr Spaß. Irgendwas drückt und zwickt gewaltig, wenn ich mich setze. Also stehe ich innerhalb von Sekunden - sehr zum Leidwesen meiner Menschen - wieder auf.

Bei der letzten Tierarztkontrolle - von Papa immer liebevoll TÜV oder Inspektion genannt - hat der beim obligatorischen Analdrüsenausdrücken eine Verhärtung an der rechten Seite festgestellt, die offensichtlich immer größer wird. Diesmal lässt er noch einen seiner Kollegen fühlen. „Das ist ein Analdrüsentumor. Das könnte man operieren, aber die Wundheilung ist schwierig und für ihn sehr unangenehm und schmerzhaft. Das wird schnell größer und metastasiert auch recht zügig. Wenn man nichts macht, wuchert das alles zu. Sie merken das daran, dass seine Haufen dann immer flacher werden. Irgendwann ist schließlich komplett dicht."

Meine Menschen sind entsetzt - auch sowas noch! Nach dieser Biss-nummer im Frühjahr und das damit verbundene wochenlange Tamtam kommt aber eine Operation für sie nicht mehr in Frage. Also abwarten. „Drei, vier Monate" schätzt der Tierarzt. „Und denken Sie daran, er ist ja schließlich auch schon fast Zwölf, also hat er sein Alter längst erreicht."

Was soll das denn nun wieder heißen?

Mama sagt immer, ich werde noch mindestens fünfzehn.

Zuhause wälzt Papa Bücher um Bücher, der entscheidende Tipp kommt aber - unglaublich aber wahr - aus dem was die Menschen "das Internet" nennen. Das ist so ein Fernseher, wo sie auch auf Tasten herumklappern können und irgendwie finden sie das toll.

Also gibt's wieder mal neue Kügelchen - einmal in der Woche. Die nächste Kontrolle zeigt: Der Tumor ist doch größer geworden, aber die Wurst kommt zum Glück immer noch ungehindert durch. Einen großen Vorteil für mich hat das alles aber: Dieses blöde „Sitz"gemache entfällt endlich ersatzlos.

Monat um Monat vergehen, die Beule im Hintern wird langsam aber stetig immer größer und größer. „Irgendwie hat sich das verkapselt" vermutet der Tierarzt, „das ist tatsächlich nur auf der rechten Seite geblieben und wächst mehr nach außen. Glück gehabt!"

Aus Monaten werden Jahre. Zwischenzeitlich begegnen uns wenn wir laufen immer Menschen, die bunte Maulkörbe tragen. Sie nennen es Corona und glauben, dass es dagegen hilft. Jedenfalls sieht es lustig aus, und solange ich das nicht auch muss ist es mir weitgehend egal. Und dass sie damit nuscheln höre ich sowieso zunehmend schlechter.

Schwanzwedeln geht leider wegen der Beule auch schon lange nicht mehr gut, aber sonst stört mich das alles nicht wirklich. Dann hat sich auch noch das Kreuzband auf der anderen Seite verabschiedet, als ich an Weihnachten bei Bela und seinen Leuten auf dem Laminatboden ausgerutscht bin. Also wieder Hyaluron, Kügelchen und diesen elenden Schongang für Wochen. Papa meint, ich wäre mittlerweile eine lebende Baustelle, was auch immer das heißen soll ...

Viel schlimmer sind meine Plattfüße - die süß aussahen, als ich mal klein war - und zunehmend das Laufen damit, zumal sich dadurch auch die Krallen nicht mehr ablaufen und wir deswegen alle zwei drei Wochen zum Tierarzt müssen. Meistens gibt es dann auch was in die Ohren, da sich bei Schlappohrhunden wie uns Beagle diese blöden Milben dort immer wie zuhause fühlen, und das juckt dann wie Hulle. Das tut die immer größer werdende Warze am Ohransatz übrigens auch immer wieder mal, so dass ich die mir dann gerne mal deftig aufkratze. Wenigstens haben sie beim Tierarzt aufgegeben mir in den Hintern zu fassen und auf der Analdrüse rumzudrücken, das war immer echt unangenehm, Leute.

Wenn Papa aber mit der orangen Leine kommt und ich ins Auto muss, weiß ich immer schon Bescheid und das große Zittern ist angesagt, weil ich nicht wirklich dahin will. Aber das schreckt meine Leute nicht ab und wir fahren trotzdem dort hin. Meisten müssen wir draußen warten, weil ich im Wartezimmer immer so rumkläffe, was eigentlich sonst nicht meine Art ist.

Auf dem Rückweg halten wir oft beim Metzger. Dann gibt es Fleischwurst für mich, und alles ist wieder gut.

Irgendwann, als ich längst vierzehn bin, meint einer der Tierärzte die wir regelmäßig besuchen: „Wer hätte gedacht, dass der Oskar noch sooo alt wird ..."

Die Sache mit den Krabbeltierchen

Jucken tue ich mich immer wieder phasenweise. Dafür hat man ja zum Glück seine Hinterläufe und damit komme ich auch auf meine alten Tage immer noch bis zu den Ohren, wo auch immer noch diese blöde Warze sitzt, die ich mit schöner Regelmäßigkeit aufkratze. Auch mit diesen Grasmilben habe ich es nicht so, und so bekomme ich immer wenn es allzu arg wird vom Tierarzt eine Spitze - eigentlich ist die nur für Pferde - aber ich bin ja schon groß. Dann ist erst mal wieder wochenlang Ruhe.

Mittlerweile ist es Hochsommer, und die krabbelnde und fliegende Tierwelt ist hochaktiv. So fällt meinen Leuten nichts groß auf, als diese Juckerei mal wieder los geht. Sie kennen das ja und schauen sich das immer erst ein paar Tage an, bevor es zur nächsten Spritze geht. Und die kleinen Tierchen, die wie Fruchtfliegen aussehen, verwundern zwar, aber Papa meint: „Das liegt nur daran, dass der Osse so stinkt!" Also Leute, das kann ich überhaupt nicht nachvollziehen, und meine Nase ist ja wohl x-tausendfach besser als Eure.

Dass er als Apotheker es definitiv hätte besser wissen müssen, amüsiert mich nachträglich und beschämt ihn später zutiefst. So entdeckt erst der Tierarzt Tage später beim nächsten Krallenschneiden das Malheur: „Der hat ja Flöhe! Und das nicht zu knapp!" Noch in der Praxis bekomme ich eine sündhaft teure Tablette - die soll diese Vampire und deren Gelege auf mir innerhalb von 24 Stunden killen.

Zuhause geht das wahre Theater los, da 90% der Tierchen wohl nicht auf dem Tier, sondern geschickt verborgen in dessen Umgebung wohnen. Ich muss raus auf die Terrasse - angeleint, damit ich nicht weglaufe - und Papa schrubbt mich mit einem ekelhaft stinkenden Zeugs von oben bis unten und von vorne bis hinten gründlich ab. Dann werde ich mittels Gießkanne mehrfach ordentlich gewässert um das Zeugs wieder los zu werden und anschließend noch mal akribisch durchgekämmt und abschließend abgerubbelt. Da ich nicht weglaufen kann, denn Papa hat mich an dem Strandkorb angeleint - und der wiegt gefühlt eine Tonne, muss ich alles über mich ergehen lassen.

In der Zwischenzeit hat Mama den größten Hausputz in der Geschichte Ostfrieslands begonnen. Kaum etwas bleibt an Ort und Stelle, alles wird geschrubbt, gewässert, gefegt, gesaugt und sonstwas. Schließlich hatten die kleinen Krabbeltierchen wegen Papas Ignoranz genügend Zeit überall und in jeder Ritze dafür zu sorgen, dass ihre Art ja erhalten bleibt. Erst danach darf ich wieder rein. Zum Glück ist es ja Hochsommer und affig warm und alles - ich inklusive - trocknet schnell. Abends sind alle kaputt und rechtschaffen müde.

„Dass Osse das auf seine alten Tage noch mitmachen muss ..." meint Papa, „Vierzehn Jahre haben wir mit sowas nie zu tun gehabt, und jetzt das auch noch!"

Das war ja wohl das erste und hoffentlich auch letzte mal. So ein Theater mache ich jedenfalls nicht noch mal mit, Leute.

Die Sache mit dem Regenbogen

Ich bin nun schon fast fünfzehn und seit Wochen immer hundemüde. Eigentlich fühle ich mich wie hundert und könnte immerzu schlafen. Seit Tagen buddelt Papa im Garten ein Loch, aber nicht wie ich mit seinen Pfoten, sondern mit so einem Metalldings mit Holzstiel. Es scheint ihm keinen Spaß zu machen und er schimpft wie ein Rohrspatz.

Irgendwie hat er gedacht dass Erde Erde ist, aber das ist nur die ersten fünfzehn Zentimeter so, dann kommen Steine, Wurzeln und Sonstwas, und so kommt er kaum voran damit. Ob ich ihm helfen täte, hat er noch nicht einmal gefragt, und so lass ich ihn allein wüten, wenn er meint es unbedingt allein tun zu müssen.

Eigentlich will ich nur schlafen und selbst das Essen ist mir mittlerweile egal. Mama kocht Rindfleisch für mich - ich esse kaum was davon. Mama kocht Hähnchenbrust für mich - ich esse kaum was davon. Papa schneidet ein Wiener Würstchen klein und streut es über mein Futter. Früher hätte ich dafür gemordet, aber nun ist es mir piepegal und ich rühre nichts davon an.

„Osse, du musst mal raus!" sagt Papa und legt mir Halsband und Leine an und zerrt mich aus meiner Bude. Die Beule an meinem Hintern habe ich nun schon über drei Jahre und sie ist mittlerweile faustgroß geworden, aber bisher ist die Wurst immer noch durchgegangen, wenngleich manchmal schwierig. Laufen mag ich aber gar nicht mehr, meine

Vorderpfoten tun mittlerweile echt weh, Leute, aber ich bin ein Beagle und so sage ich nichts. Nur geht es entsetzlich langsam, und sehr viel weiter als im eigenen Garten bin ich schon länger kaum noch unterwegs, höchstens bis zum Spielplatz. Aber heute bleiben wir im Garten.

Da ist Papas Loch. Irgendwie ist es mir nicht geheuer und ich mache einen großen Bogen darum, obwohl ich früher an dieser Stelle gerne gepinkelt habe. Das große Geschäft bleibt heute auch aus, eigentlich müsste ich, aber das ist mir heute viel zu anstrengend. Nach zweimal pinkeln will ich wieder rein. Und so sind wir schnell wieder im Haus und ich in meiner Bude.

Leo schaut mir wieder zu. Er war in den vergangenen Jahren immer wieder mal da und liegt seit Tagen schon neben Papas Sessel und sieht mich an. Irgendwie haben meine Leute ihn aber wie immer gar nicht entdeckt, aber ich rieche ihn ganz deutlich.

Mama und Papa streicheln mich. Das tun sie jetzt öfter als sonst und irgendwann ist auch der Tobi da. Er riecht immer so gut und er nimmt meinen Kopf zwischen seine großen Hände und küsst mir auf die Stirn. Da schaue ich ihn an.

Sie flüstern leise, aber ich kann ja sowieso schon lange nicht mehr hören was sie sagen. Mama hat die Terrassentür weit aufgemacht und die Frühjahrssonne scheint warm herein, obwohl es eben noch geregnet hat.

Da erhebt sich Leo. „Komm, Kleiner, wir müssen."

Draußen sind alle meine alten Kumpels, die ich schon ewig nicht mehr gesehen habe: Baghira, Shirko, Shiva und sogar Irmgards Blackie ist gekommen. Wir laufen zusammen in den Garten und ich staune nicht schlecht: Mittendrin steht plötzlich ein riesiger Regenbogen, der vorhin noch gar nicht da war.

Da kommt die Omi aus der Nachbartür. Sie hat ein kleines Mädchen an der Hand. Die Kleine streckt ihr Ärmchen nach mir aus, lacht und ruft: „Hund!" Sie streichelt mich und ich schlabbere ihr das Gesicht ab, während sie meine Öhrchen krault, genauso wie ich es mag. Sie lacht wieder. „*Mein Hund*" flüstert sie glücklich. „Jetzt müssen wir aber los, Osse" mahnt die Omi, „der Opa wartet schon ewig, er will dich doch auch endlich mal kennenlernen!"

Da laufen wir los. Die Hundemeute fröhlich kläffend vorneweg gradewegs zum Regenbogen, und wir hinterher.

Und endlich mal ohne diese blöde Leine.

Bernd Wohlgemuth (*1962 in Solingen), Apotheker und Heilpraktiker, Abitur und Studium in Düsseldorf, war von 2001 bis 2022 Inhaber der historischen Apotheke in Carolinensiel / Ostfriesland

Philip Witte (*1991 in Duisburg), Abitur in Düsseldorf, studierte Angewandte Kognitions- und Medienwissenschaft an der Universität Duisburg-Essen